成长的味道

杨丹阳 刘子言 著

知识产权出版社
全国百佳图书出版单位

图书在版编目（CIP）数据

成长的味道/杨丹阳，刘子言著．—北京：知识产权出版社，2018.1
ISBN 978-7-5130-5305-1

Ⅰ.①成… Ⅱ.①杨… ②刘… Ⅲ.①散文集–中国–当代 Ⅳ.①I267

中国版本图书馆CIP数据核字（2017）第297300号

内容提要

本书反映了当代中学生的成长历程，由优秀散文作品汇编而成。中学生处于成长的蜕变期，她们以独特的目光去看待生活中的点滴，感悟校园生活、家庭生活、社会生活等，抒发了最真挚的感情。成长的味道有甜蜜，也有苦涩，希望广大中学生树立良好的价值观，发扬积极向上的精神，走上光明的成长之路。

责任编辑：李　娟　　　　　　　　　　　责任出版：孙婷婷

成长的味道
CHENGZHANG DE WEIDAO

杨丹阳　刘子言　著

出版发行：知识产权出版社 有限责任公司	网　　址：http://www.ipph.cn
电　　话：010-82004826	http://www.laichushu.com
社　　址：北京市海淀区气象路50号院	邮　　编：100081
责编电话：010-82000860转8689	责编邮箱：66450355@qq.com
发行电话：010-82000860转8101	发行传真：010-82000893
印　　刷：北京中献拓方科技发展有限公司	经　　销：各大网上书店、新华书店及相关专业书店
开　　本：720mm×1000mm　1/16	印　　张：9.5
版　　次：2018年1月第1版	印　　次：2018年1月第1次印刷
字　　数：100千字	定　　价：39.00元
ISBN 978-7-5130-5305-1	

出版权专有　侵权必究
如有印装质量问题，本社负责调换。

目 录

杨丹阳

一种高贵的品质 | 3

我们的舞台 | 5

读《观沧海》有感 | 8

看不见,听无声 | 10

亚平宁之音 | 12

高原的孩子 | 15

北京的符号 | 18

放弃也是一种超越 | 21

雪与爱 | 23

寻找 | 26

光(一) | 28

北京年文化 | 30

餐厅起舞记 | 32

秋日圆舞曲 | 34

心中的那个网 | 36

古筝——心的灵魂 | 39

光 | 41

答案在风中飘荡 | 44

舍与得 | 48

新舍与得 | 51

独 | 53

遇见文学 | 56

中国传统建筑令我震撼 | 59

仪式 | 62

《浮世》| 64

刘子言

成长的味道 | 77

淡淡的日子也飘香 | 79

冬日圆明园 | 81

对微软小冰的见解 | 84

耳目一新 | 89

鼓励的力量 | 92

目 录

光 | 95

和飞将军李广度过一天 | 98

化学元素 | 101

军训感想 | 106

看懂友情 | 108

来不及 | 110

偶然的相遇 | 113

台湾之行 | 116

论语心得 | 119

逆境中的知音 | 122

浅析林黛玉与薛宝钗 | 124

叹黛玉 | 127

我痛苦，我快乐 | 132

学生节感想——记人大附中初中16届1班短暂重聚 | 134

这就是水的秘密 | 138

做饭与反思 | 140

/杨丹阳/

一种高贵的品质

在一本书上看到这样一个问题
"你见过情商最高的行为是什么?"
"即使是对最熟悉、最亲切的人,仍然保持尊重和耐心。"

这是我看到过的很特别的答案。之前并没有把这句话放在心上。直到那次之后,它才被我猛然惊醒一般从记忆深处提起。

不知从什么时候起,我和妈妈的对话风格变了,变得充满火药味。在我心情不好的时候,就能三言两语把她呛得说不出话来,不过这也是少数情况,我妈妈也是个急脾气。每当我说话不中听的时候她会大声反驳我,别人听起来像吵架一样。直到我累了,不太想说了,她便敷衍地来一句"好了,这事咱们不说了"或者"我错了,停会儿吧"。也许有的时候就是认为她不能理解我。

昨天妈妈回来给伏案写作业的我送水，却不小心把水洒到我的作业本上，如果是从前我会用责备的语气说她一句。但是那时不知道为什么，并没有这么说，只是用纸擦拭着作业本并且回了一句："没事的妈，你也去喝点水吧。"妈妈看起来特别开心，很温柔地回了句："好，谢谢宝儿，我再去给你拿点水果来。"那一刻我的内心无比的愉悦，这让我尝到了好好说话的甜头，世界如此美好，如此温柔。

以后我和妈妈都会这样轻声温柔地对话，回答对方的问题。其实想想以前我做的都太傻太蠢了，对陌生人彬彬有礼，对自己最亲近的人任意伤害，口无遮拦。

好好说话，是一种很高贵的耐心，这恐怕是对亲情、友情、爱情、这世上每一种感情最大的尊重与呵护了。

我们的舞台

这件事让我激动了两天。

最后我庄重地走下舞台后再也憋不住了,激动地跳了起来,落在舞台幕后的地板上发出了巨大的声响,这时我才意识到自己兴奋过头了,立刻收敛了却掩饰不住内心的喜悦。没错,我们的话剧演出非常成功,这应该是整个艺术节最令我兴奋的一件事了。

我们穿过候场厅回到看台,同学们过来拥抱我们,都笑着为我们竖起大拇指。我们举起手机合影,把灿烂的笑容永远定格。也许你不能理解我们为什么这样兴奋,因为这份成功是由太多的努力和汗水铺垫而来的。

大概是20天前,我被稀里糊涂地拉近了我们班的话剧组,被安排饰演葛朗台老太太这一角色,那时临近初赛,面对那些说不出口的台词，我心里暗暗抱怨着还要牺牲课余时间排练，看着大家认真练习，我也便跟着坚持了下来，总算把整个剧连贯地串了下来，到了初赛的日子，我的词不算多，但这毕竟是我第一次演话剧，在上场之前把自己关在小黑屋里一遍遍重复着为数不多的台词，紧张得手心出汗。第一次上舞台的感觉还不错，我渐渐放下那颗悬着的心，融入到话剧中的人物里……过了几天，我听到了说我们进入决赛的消息，而且高一挺进决赛的三个班里，其他两个都是理科实验班，他们语文老师很专业地指导陪练。而我们完全是自编、自导、自演，没有强大的外援。这让我们惊喜的同时增加的自信心。在决赛之前，我们又完善并填充了剧本，在艺术节这一个星期内，每天活动完坚持排练，每天晚上在二附校园，我们4个演员和两个导演才疲惫地离开，晚上清凉的风吹在脸上，伴着甬道两边微弱的路灯的光相互说笑，到了校门口一定会被负责的保安叔叔拦住质问半天，每次都很累，却很快乐。

　　终于到了决赛的这一天，我们都换上了演出服，化了舞妆，来到了最后的"战场"。脑海中回忆着这些天练习的每个动作，每个眼神，每句话的语气。在候场室里大家都略微有些紧张，还好有几个志愿者场务同学，我们为了缓解气氛故意说了一些轻松的话题，却又反复练习台词，检查每一样道具。当主持人宣布下一个班级高一十三班时，场务同学忙上忙下把座椅搬到台上，演员们们戴上耳麦，导演同学对我们进行最后的叮嘱……大幕徐徐拉开。

在聚光灯下，我们忘记了自己，只记得是那个吝啬的老爷，是那个软弱的太太，是那个心直口快的仆人，是那个温柔善良的女儿……这是我们最出色的一次演出了。我们笑着鞠躬谢幕，还没等下台我再也憋不住了，激动地简直跳了起来……

读《观沧海》有感

　　建安十三年，曹操北征乌桓得胜会师途径碣石山，于是登观沧海，借着胜利的喜悦勾勒出雄伟大自然的景象。从站在山岛上看海的视角，看到树木百草，听到秋风和海浪。由此又想到太阳和月亮的运行，银河的星光……最后抒发自己的情感：幸甚至哉，歌以咏志。但实际上这首诗中并没有"咏志"。一直描写那些壮丽的景象。于是我们从"景"中找"志"。

　　曹操的观沧海的与众不同之处在于，它赋予了大海一种性格。海本来是没有生命的，但他写的海孕大含深，动荡不安，形象反映了大海本来的面貌。写景也是先写了静后写了动。虽然到了秋风萧瑟，草木枯萎的季节，但岛上还是树木茂盛；虽然秋风萧瑟，但是海面上海有洪波涌起。表达了作者托物言志的情感，意思是虽然自

>> 读《观沧海》有感

己也到了暮年，但仍然可以散发光彩驰骋疆场。表达了"老骥伏枥，志在千里"的胸怀。太阳和月亮的运行，好像是从这浩瀚的海洋中发出来的，银河星光灿烂，好像是从这浩瀚的海洋中产生出来的。大海好像孕育了万物，容纳宇宙中的一切。从这里能看出曹操的野心之大，他要像大海一样容纳一样把天下纳入自己的掌中。从这首诗中可以看出曹操这个人不服老，有着博大胸怀和抱负。身为主帅的他，将自己的心情和宏伟的志向都借着大海表现了出来。

成长的味道 >>

看不见，听无声

"细雨湿衣看不见，闲花落地听无声"。古代曾有无数文人描写雨，但是他们笔下的雨似乎都有一种品格——润物细无声。的确，春天的雨不像夏天那般凶猛暴烈；不像秋天的雨那般凄凉萧瑟；不像冬天的雨那般阴冷死寂。春雨总是悄悄地来，在我们不曾发觉时已滋润万物。一两片闲花无声落地，却也化春泥更护花。有时候，看不见，听无声，并不等于无作为。

晋代诗人陶渊明看清官场的繁杂并认清自己的志向后选择退隐田园，过着"采菊东篱下，悠然见南山"的生活。他仿佛从官场和人们的心中淡退，也许没有多少人再见过他，听到他的声音，更没有人理解他的"此中有真意，欲辩已忘言"。但是他参悟人生所感，净化心灵，理味哲理，留下一篇篇千古佳作予后人。他对于后人的意义便是无穷的。像春雨一样润泽我们的心灵。

　　柳宗元曾经三次被贬，在时人眼中，他一事无成。但他并没有被悲惨的命运打垮，在他一次次磨砺中坚持恬淡、乐观的做人境界，在《愚溪诗序》中幽默的自嘲，在《小石潭记》中暗借自然美景表达自己的心境。这个当时不曾被重用的穷困的文人却又留给后人深远的影响，多年后，他的文章才像世人道出了那一声声迟到的问候，我们依然敬重他的精神灵魂。

　　史铁生在漫长的轮椅生涯里，创造了一个文学的高峰。而他对于生死的理解和生命的感悟来自于他一个人走过的路，看过的不起眼的万物生灵……他那些数以千计的饱受病魔折磨的日子更是促使他刷新精神的高度，那些人生阅历好比那看不见的细雨，听不见的闲花落地，是他日后创作的基石。使他在艰难和痛苦中却宽厚的微笑被世人所知。

　　看不见，听无声，并不等于无所作为。正是等于对生命的参悟和对后人的启迪；等于对信仰的执着与追求；等于经受磨砺时疯狂地拔节生长……

　　他们都拥有如春雨一般的品格，在看不见的地方做着影响后人，润泽万物的事情。我不禁感叹，这便是最平凡的伟大，亦是最伟大的平凡了吧！

成长的味道 >>

亚平宁之音

　　雨后潮湿的空气夹杂着泥土的清香，月光温柔地照在小水洼上，反出闪闪银光。此时北京城夜幕已深，传来的只有偶尔趟水而过的汽车声，路边人们小声的交谈声和小虫们微弱的歌声，一切都不是那么安静，却如此静谧。

　　北京音乐厅里却依旧灯光璀璨，聚光灯照在一架黑色的钢琴上，骚动的人们立刻安静了下来。一位头发略白的老者迈着稳健的步伐走到聚光灯下，他抬高头微笑注视观众，深深鞠了一躬。在人们的热烈掌声中，坐到了钢琴座椅上。这位老者叫做桑德罗·德·帕尔马。著名意大利钢琴家。他坐在那里半晌没有触碰到钢琴，观众席上静的没有一丝声音，大家似乎都在屏气凝神，怕打破了他们的思绪。一串清亮的音符的毫无防备地流畅出来，让人的心灵瞬间明亮起来。我看着他的双手在在黑白键盘间跳跃翻飞，如果不见他那斑白的鬓发，还以为那是一双年轻人无比灵活的双手。左手和右手相互协调地配合，仿佛键盘就是双手跳舞的天地。有时从左弹到右，又从右弹到左，单双手快速点弹还有跨八度的琶音，让人看得不禁赞不绝口。

我闭上眼睛，想细细听从他手下流淌出来的音乐。这些作品有奏鸣曲和舞曲，有典型的意大利古典风格，充满了那不勒斯的浓郁风情。我体会到那音乐有现代中的古老，有古朴与浪漫相结合的美感。音乐的演奏达到一定境界后便早已脱离了乐器的本身，就像《琵琶行》中的"大弦嘈嘈如急雨，小弦切切如私语。嘈嘈切切错杂谈，大珠小珠落玉盘"这就像一幅画卷在人们面前展开，把人们的感官联合在了一起。我听这琴声，脑海中却呈现出一幅欢快愉悦的舞场画面，他带领我们把听觉转化为了视觉。弹到舒缓的地方，那一串串音符又像涓涓小流静静流淌，婉转如歌，又如诗如画，我甚至分明听到了人的歌声，水的灵动的流声和悠扬的笛声。这时我的心里都暗暗吃惊，急忙睁开眼睛去寻找那声音的源头，却发现是一双手在钢琴上连续快弹，使声线都连在一起，形成了超越琴声的天籁之音。我不得不佩服这位演奏家，他使用的不仅是钢琴，而是整个自然。

弹到贝多芬的《月光》，他也深深陶醉其中，不由得身体左右摇摆，也微微摇晃着头，渐强渐弱分明地能让我通过他感受贝多芬情感的起伏,犹如在月光闪烁的湖面上摇荡的小舟一般,我的内心也犹如漂泊的小舟,随波浪一起一伏,这已是人类语言所不能描述的诗篇。

演出完毕,他站起来深深鞠一躬,观众爆发出来雷鸣般的掌声,没人愿意停止鼓掌,大家不约而同地用掌声表达内心的敬佩。那个静谧的雨夜,我的内心却波澜起伏,久久不能平静。

高原的孩子

小的时候，一年中一半时间在北京，一半时间在内蒙古。内蒙古是外公外婆的家。我只记得那时经常坐火车往返于北京和包头之间。我坐在车窗前，痴痴地望着绵延的大青山，外婆温柔地拉起我的手，说："我们又到家了。"到家了，这是我的第二故乡。

那时的我知道，自己很爱这里。这里的院外湿地上是一个一个菜窖，上面的铁皮似乎都生了锈。院外有和我一起玩耍的小伙伴。每到下午，楼里的爷爷奶奶都会搬一个小马扎，做到院子里一起打牌、聊天。我们则疯玩疯跑地满头是汗，累了就坐在外婆的腿上，看他们打牌。邻里亲似一家人，院里的好几个爷爷奶奶都很喜爱我，经常给我一些好吃的。

说起好吃的还真不少，早餐我最爱吃特产——烧麦，这种食物是一种以烫面为皮，包裹肉馅上笼蒸熟的中国传统美食，馅多以羊肉为主。地道的烧麦外皮薄，有一种面特有的香味，羊肉香而不膻，吃上一口满口流油，再蘸上醋，味道好极了！包头人吃的月饼不同于北京人吃的月饼，叫混糖月饼，大概是和了红糖，没有皮和陷之分，可以当主食干粮来吃，这是外公回了北京后最想念的美食。

我对这里有特殊的热爱，因为这里的一草一木都令我着迷。小时候外公带我去遍了所有的公园，脖子上也总要挎一个老式相机，走到哪里都要给我拍几张照片。晚上来到市中心灯火通明的繁华地区散步，有一处很大的雕像总令我浮想联翩。那上面有三只鹿，头朝向三个不同的地方，每只鹿的前蹄都凌空飞起，像是要一跃千里。外公告诉我，这三只鹿头朝向的地方就是有鹿的地方。我想那应该是很远的地方，生活着一群自由自在的鹿吧。可是它们在哪里呢？这个地方又披上了一层神秘的色彩，让我遐想向往。

内蒙古的人都是能歌善舞的，每次家里亲戚一起聚会吃饭，每个人都要唱一首歌。我的堂弟是个土生土长的内蒙古人，有一次他唱了一首非常动听的内蒙古歌曲，那首歌深深打动了我。歌词写道："父亲曾经形容草原的清香；让他在天涯海角也不能相忘。母亲总爱描述那大河浩荡；奔流在蒙古高原我遥远的家乡……"我体会到了这首歌中对蒙古高原不能割舍的爱，引起了我强烈的共鸣，我眼眶不禁发热，直到热泪模糊了我的视线，滚烫的泪珠滑落面颊，这眼泪的温度像沸腾在我体内的血液，凝结着热烈的依恋和爱。我

>> 高原的孩子

也跟着唱起来:"我也是草原的孩子啊,心里有一首歌,歌中有我父亲的草原,母亲的河。"直到那一刻,我才发现自己爱的是那么强烈,那么炙热。

如今,我已经整整6年没有回到到过我那可爱的故乡了,今年七月,学校组织去陕西社会实践,坐在大巴车上,看着窗外的老城墙,我不禁想起了包头,想起了家里那只会报时的钟;想起了对面街上卖混糖月饼的那户人家;想起了已经去世的邻家奶奶……我的泪水毫无防备地涌出,连自己都吃了一惊,身处异地,离开家人,我想念的不是北京,而是那里的一切。耳边似乎又想起了那首悠扬的歌,那时,我从心里认定,自己是高原的孩子,那片土地是我不能割舍的灵魂归宿。

"同学们,我们到了。"导游的声音通过扩音器打破了我的思绪,到哪了?我到家了吗?

成长的味道 >>

北京的符号

每逢佳节，灯火通明，四处洋溢着喜悦之情时，我总说，我们去北京城里转转吧。

当车缓缓行驶过宽广的长安街，看到天安门上灯火辉煌，人民英雄纪念碑笔直矗立着，心中都有一丝敬意油然而生；当漫步在后海边，喝着老北京的汽水，抚摸婀娜垂柳，心中都有一份惬意闲适涌入；当穿梭在奥运村，抬头仰望鸟巢和玲珑塔时，心中都有一份力量和朝气。这些都是北京的符号。

小的时候，爸爸带我走过一条条胡同，登上鼓楼，他指着一条很不起眼的小马路对我说："这是北京的中轴线，沿着这条路一直走就能到达天安门。"我只记得那悠扬空灵的钟声，还有酸甜可口的冰糖葫芦，儿时的我不懂老北京的情怀，而每每却被那精美的面人和金黄的糖画吸引驻足。我不是生长在皇城根下的北京"土著",也从未在胡同里生活过,但是这些老北京的符号在我的心里埋下了一颗种子,朦胧又美好。

2008年的夏天,北京受到了全世界的瞩目,因为这里举办了一场无与伦比的奥运盛会。我来到鸟巢,亲眼看到博尔特打破世界纪录,亲眼见证了一面五星红旗冉冉升起,似乎在黑黑的夜空中散发着光芒。我被运动员的体育精神打动,也被北京精神深深打动,随处可见的志愿者用微笑画了一张北京的名片,传递给全世界的朋友。那一年。在奥运健儿位居奖牌榜首的同时,我收获了另一种感动,这种感动无法用语言形容,也许它存在于我的精神。

从那以后,我与北京的接触便是在国家大剧院中,享受听觉的盛宴;便是在北京大学百年讲堂中观看话剧表演,体会永恒的经典;便是在金山子艺术区里穿梭,领略艺术的真谛。北京给了我太多精神上的满足。这些也成为了我心中不可或缺的北京符号。

去年我到老舍故居进行志愿讲解,那是个非常不起眼的小胡同,老舍先生却把一生的情感寄托于那里,在他的《想北平》里反复说:"我真爱北平。可是我说不出来。"北平的一草一木,一人一物都已经融入了他的生命。若问我:"你爱北京的什么?"我也会说:"我说不出来。"

成长的味道 >>

北京是古朴的是厚重的，像老舍先生喜爱的京韵大鼓。同时也是进步的，创新的。北京的符号不止是那些建筑，还有的是北京的人和北京的精神，这些符号让每一个生活在北京的人自豪。

放弃也是一种超越

当我们遇到困难时,总能听到这样一句话:坚持就是胜利！但是有时候放弃被说为胜利不恰当,它是一种超越。当然这里的放弃并不是指本可以坚持达到目的的事情而半途而废，它指的有一定的特殊性，是人生的另一种风景。

放弃是一种智慧，是对人生方向的再确认。在中国被称为"东亚病夫"的黑暗年代，鲁迅抱着学医救国的热情来到日本留学。当他从电影中看到中国人被砍头示众，周围却挤满了麻木不仁的中国人后认识到中国的病根不在于肉体，而在于精神。于是他弃医从文，立志用手中的笔唤醒国人的灵魂。他的放弃，激励了多少中国人。他重新踏上的另一条路，是拯救中国的路，像这样的放弃是为了另一种选择的开始。也许我们无法做出鲁迅这样大的影响，但若放弃使我们找到更适合自己的路，也是一种大智慧。

　　放弃是一种淡然，是对自己本心的坚守。东汉末年华佗的美名引起了东汉朝廷的注意，华佗收到了来自都城洛阳太尉府的征辟信，让他去朝廷做官，但是他毅然拒绝了，他说如果我去了，民间便少了位良医，官场多了个庸才。他坚持做一个平民百姓，钻研医术，救死扶伤。中国古代像这样的事例很多，比如陶渊明归隐田园，王守仁辞官退隐……他们的放弃，体现了淡然的人生境界，并且坚守了自己的内心的信仰。

　　放弃是一种保留，是日后厚积薄发的蓄力。第二次世界大战中，英法联军在德国围攻下，为了保存实力，实施了战略大撤退，而这次撤退是为后来对德军的反攻准备了有利条件，这种叫做放弃了眼前，却赢得了未来。

　　还有一句俗话叫："退一步海阔天空。"这话说得没错，有的时候放弃也是一种超越。人生路上，有太多需要我们放弃的地方，适当的放弃可以使我们看到不同的风景。

>> 雪与爱

雪与爱

　　今天的北京下了今年的第一场雪,有人说:"北京一下雪就变成了北平。"被白雪覆盖的北京也染上了一层浪漫的色彩。不知从什么时候起,每年的第一场雪,也就是出初雪,竟和爱情挂上了钩。也许这正是代表了人们心中所向往的爱情,纯洁,美好。似乎在这样的天气里,人与人之间美好的情感更容易萌生。"北平下雪了,你陪我去看看吧。"

　　在现实生活中,有时爱情是被有些人避讳的话题。但是在文学作品中,爱情是被古今中外作家都歌颂的艺术。也许抛开世俗,这样的爱情更美,也更大胆。不同时代的文学作家笔下的爱情的味道是不同的。老舍有一篇不是很知名的短篇小说,叫《微神》,讲述了17岁时的初恋的故事以及后来岁月的变迁,初恋的对象做了暗娼后来因堕胎而死。"我看着那双小绿拖鞋,她往后收了收脚,连耳根儿都有点红了,可是仍然笑着。……她在临窗的一个小红木凳上坐着,海棠花影在她半个脸上微动。……我们什么都没说,可是四只眼彼此告诉我们是欣喜到万分……"爱情的故事永远是平凡的,可是偏爱在平凡中找些诗意,便是艺术了。老舍那一代人的爱情大概就是这样,羞涩,隐晦,单纯。他用了很多意象让我们感受爱情,轻易地描绘了一幅画面。最终文章中的"我"去了南洋,和"她"不辞而别,而"她"永远是梦中的女性,仍是17岁的模样。也许"我"和"她"每天只能仓皇地对视一眼,即使有机会独处也只相守而无言。一切都小心翼翼,不那么惊天动地。有时候人很奇怪,两人越是见面少在脑海中就越挂念;越是说话,少在心里就越留恋。仿佛孕育一种恰到好处的情感是有一个限度的一样,需要把控的不多不少。"她"留给"我"的回忆无非是那双小绿拖鞋,那个眼神,那个背影,而就这些少的可怜的回忆是"我"日后几十年的梦和不断想起的东西,后来也成了一生戒不掉的心痛。

就像《平凡的世界》中的金波,他在去西藏当兵时通过歌声爱上了一位藏族姑娘。他们从未见过面,而每天都能听到彼此的歌声。通过互相的歌声传情,通过想象勾勒对方的模样。直到有一天他们终于相见,第一次见面就紧紧拥抱在一起,却被金波的长官碰见,金波被部队开除,从此和藏族姑娘失去了联系。但他的心却永远留在了那片湛蓝的天空下,他的爱也永远浸没在那首歌中。每每

>> 雪与爱

唱起那首歌总会热泪盈眶,那个姑娘和歌声也灌注进他终身梦境中。

现在的人们变得越来越大胆和直白,趋于表现爱的热烈。虽然我并没有看过很多关于爱情的作品,但是从现在很流行的一些先锋话剧中可以感受的到,如《空中花园谋杀案》《恋爱中的犀牛》,人们被爱的欲望驱使,身上的兽性愈发强烈,近乎疯狂,有些表现确实夸张,但艺术脱离不开社会。

任何一种形式都有它独特的美,就像雪的万般姿态,在这令人神往的日子,原来我们也可以活得这么美。

寻找

寒假的一天，有位朋友跟我说："我失眠了。"我感到惊讶，我以为这个年龄的人都会像我一样有睡不醒的觉。问他原因，说是在思考问题，我觉得有些好笑，问他在思考什么，他说："我在想我得到的是不是我想要的。"

他高中去了美国，每次回国都感觉有很大的变化。人生的每一次选择必会有得有失。只是我得到的是我想要的吗？我开始想自己，发现一个糟糕的问题：我还不知道自己想要什么。紧接着还有一个更糟的问题，我还没有想过自己想要什么。一瞬间我觉得自己好像什么都不懂，只知道拼命往前跑，却不知道为什么跑。其实非要问出什么来，大概是有的，为了让自己更优秀，为了让自己有更多选择的权利，我们才努力学习。但是到时候让你选择，你又会知

>> 寻找

道你将怎么选择吗?

　　我以前想,人这一生远不止学习这一条路可走。小学的时候我曾在学校自己建立的民乐团中担任古筝首席并参加了一些比赛。我享受排练,享受与大家的合作,享受上台前的紧张与兴奋,享受舞台的灯光……但说实话我们的水平不是很高的。上了高中,由于学业紧张,我放弃了继续练习古筝。高一的时候艺术节,我作为我们班的话剧演员,获得了"最佳女配角",演完之后我兴奋了好久,第一次的话剧尝试就能如此成功。那时《枣树》的导演托同学问我要不要参加《枣树》的出演,我婉言拒绝了。因为排练要占用周末大量学习时间。现在我想,要是我能坚持一下,也许将来做个乐团演奏者或话剧演员。但是立即摇摇头,因为我对它们还没有达到深入灵魂的热爱,否则我又怎么轻易弃了它们。所以我还是没有找到自己想要的,好像人生在我这里都是一种颜色,我将来学什么都行,做什么都可以,我有些懊恼,有些悔恨,却说不出悔恨什么。

　　他问我:"你觉得你人生中想要的是什么?"我只好回复:"还没想过。"他立即说:"我知道自己想要什么了。""什么?"想要没想过自己想要什么的状态。

　　看来我不是一个人。很多人都在试图拨开迷雾寻找答案,但还是被淹没在无尽的天空。也许有些答案不是想,就能想出来的,是需要经历的。既然如此,我还是要让自己拼命地跑下去,只有这样,在未来的某个时候才有可能遇见答案。

光（一）

　　走着走着，我突然站住了，猛然想起一样东西，那是被装在一个小塑料袋里的一套衣服。手里，没有。书包里，也没有。我停下仔细地回想每一个画面，那套衣服是三十一号嘉年华的时候我要穿的，只有一套，我想起把它和一堆衣服、书包放在了一起，就没有取走。可是我没有同学们的联系方式，现在要回学校也得再走15分钟，我犹豫着，转念一想，这是我唯一统一的服装，要不就因为我一个人毁了全班。回去！我毅然决然。

　　妈妈开着车带我走，我看了一下表，还有25分钟静校。此时的我心急火燎。望着眼前长长的车队，只能干着急。终于到了，此时外面已经下起了纷纷扬扬的大雪，把大地蒙上了一面洁白的面纱。天也昏暗下来，毫无光彩。我以百米冲刺的速度奔过天桥，来到三

>> 光(一)

帆门前，我的脚步没有停，在黑暗中，我沿着胡同奔跑，大概还有15分钟，我感觉我在与时间赛跑。只见一大波一大波的同学三一群二一伙地往外走，只有我逆着人群向里奔跑。一辆辆汽车照着刺眼的远光灯。灯下，密密麻麻的雪丝斜织着飘落在地上。近了，近了。我的头发被北风吹舞着乱飞，但现在已经顾不了那么多了。我一头扎进校门。

我快步上了楼，想象眼前一片黑暗。

明亮的教室，华丽的彩带，匆忙的脚步，还有一席温馨。我不禁放慢了脚步，八班门口一片光明。同学们还在忙上忙下，学校毫无黑夜的影子。现在离静校还有五分钟。我心中的寒意即刻烟消云散，只有眼前的一片光明和温暖。

北京年文化

　　逐渐地，街上贴起了横幅，社区挂上了灯笼，家家户户的门前也贴上了对联，在这喜气洋洋的一片气氛中，新年到来了。

　　北京的春节是从腊月初八开始，喝上几天热热乎乎的腊八粥，泡上腊八蒜，就已经开始新年初步的准备了。过了大年二十三，大家就显得更加忙碌了，要彻底把家清扫一遍，迎接新年，各种吃的也都备齐了，让人垂涎欲滴。

　　这一天，是大年初一。熬了一宿的夜，略显疲惫，但仍要早早起来给长辈拜年。早上，我穿上整整齐齐的一身新衣服，给长辈拜年。首先来到姥姥姥爷面前，规规矩矩站定，"祝姥姥姥爷蛇年大吉，寿比南山，福如东海，笑口常开。"说完便又鞠了三躬，姥姥姥爷高兴得合不拢嘴，把一个大红包儿塞进我手里。我一捏，鼓鼓

>> 北京年文化

的，我连忙道谢，又去给父母拜年"祝你们身体健康，工作顺利，心想事成，八方来财。"最后还不能忘记二姨和二姨夫："祝你们平安健康，一帆风顺，前程似锦，财源不断。"小弟弟也学着我的模样给长辈拜年，我们马上收到了不少红包。拜年体现了我们对家人的美好祝愿和尊敬，当然也不能少了邻居。中午，我端了一盘热乎乎的肉馅饺子敲开了邻居家的门。那家也住着一个和我年龄年纪相仿的女孩，我有时和她一起玩，她还给我讲过题呢。我同样庄重地恭祝他们全家新年快乐，身体健康，万事如意，好运不断！说完把一盘儿饺子递了上去，叔叔阿姨和小姐姐都很高兴，没有再推辞，又把我叫进屋。小姐姐给我切了一大块年糕装进一个袋子里，说："这个你拿回去吧，谢谢你们带来的饺子，这块儿年糕去尝尝吧。"我道了谢，拿着年糕回家了，心里美滋滋的。

这就是北京过年重要的文化——拜年。这是一种亲情的奉献和礼仪的宣扬。礼，无处不在。新的一年，让礼传遍每个人的家中，传遍个人的心里！

餐厅起舞记

周六上午,我去大钟寺上课外班,中午便去了一家泰国餐馆吃了饭。

这里的环境十分优雅,服务员们都穿着泰国服饰,也算是一道风景。渐渐的人多了起来,餐厅里热闹极了。

突然,在我毫无准备的情况下,响起了一阵锣鼓声,抬头一看,原来是饭店聘请的外国艺人在表演节目。其中最抢眼的是一位漂亮的外国女郎,脸虽然很黑,但眼睛很大,戴着两个相当夸张的耳环,衣服上有很多小铃儿,跳起舞来就会有节奏地响。

过了一会儿,她又朝我的方向走来,俯下身对我说话,我愣了。她的意思是让我和她共舞?我不知所措,甚至都忘了该怎么回答。但是她并没有等我的回答,而是拉起我的手,又找了一位和我年纪相仿的女孩,一起走上了舞台。这一切我差点没有反应过来。热烈的音乐再次响起,她开始跳了,无奈之下我只能模仿她的动作,并不娴熟地跳起舞来。那个漂亮的女孩儿边唱边跳,柔美纤细的身材,楚楚动人,还时不时的冲我笑。她的微笑有着极强的感染力,仿佛在为我加油。我开始渐渐地适应,动作也比开始舒展地多。随着热辣的音乐,我们三个在尽情地跳着,我此刻意识到,越放松的舞蹈才是最美的。我已经被她的热情感染了,她的热情和对艺术的享受和热爱影响着我,仿佛一簇簇跳动的火焰,在熊熊燃烧。此时,尽情舞蹈的我心情如此舒畅,我忘记了一切,只懂得尽情的跳。

　　音乐停止,舞蹈结束。我怀着怦怦直跳的心走下台,可是音乐还在我心中回荡,激情还在我心中燃烧,那个女郎还在我的心中,挥之不去。

秋日圆舞曲

  雨稀稀拉拉地下了一整天。

  有时，雨像细细的鹅毛一个个缀连着，轻轻地跳到地上。地皮被润湿了，所有的都在微微润湿的空气里荡漾。调皮的雨点滴在脸上，凉凉的，痒痒的。我不打伞，在雨中漫步，是多么美好。

  有时，雨下得很大，哗啦啦哗啦啦，地上的那些小水洼不断泛起水溅到上面的涟漪，房屋上也开始滴水，如果你稍不小心，就会踩得满脚是水，行人们匆匆地打着伞走来走去……

  这时，风总会不紧不慢地刮着，轻轻唱着那一首首秋天的歌，这会使人们感到凄凉，因为这首歌没有树叶在伴奏。

  天上，铅色的乌云一动不动的呆在那里，冷冷地看着大地。雨依旧下着，车辆在满是水的道路上缓慢前进，雨刷器"唰唰"地摆动着，而我，默默地看着窗外有些模糊的身影，一句话也不说，大概在这个阴云密布的雨天，我没有话可说，更不想说。

天黑了，屋里温暖的灯光显得格外明亮。虽然我看不见雨了，但我知道"一场秋雨一场寒"，明天，又该冷了。

第二天早上，我很晚才起，床帘外，仿佛又是阴阴的一片，我慢慢走下去，一把拉开窗帘，此时屋外的景物毫无遮拦地展现在我的面前，像幕后的舞台，我被眼前的景象所折服，不禁眼眶发热。窗外，是雪，一个雪白的世界，是一个充满希望的世界……

成长的味道 >>

心中的那个网

　　"大家一定要拿下这场比赛!"队长坚定的话语,使我感觉如释重负,体育嘉年华的排球赛场上,我们已经连输了两场,大家的眼神里都充满了坚强与责任。这一场我们对阵十三班,他们的实力确实很强,这使我很不安。

　　下午,太阳的脸色是似乎很不好看,把大地照得毫无生机。比赛马上就要开始了,有幸我们组得到了发球权。随着裁判的哨声,队长把球有力地击了出去,我以为这种球他们接不到,正在得意之时,球像一枚炸弹直朝我们飞来,砸在了地上,没有人去接,我又生气又懊悔。发球权又被她们夺走了。只见对方的球高高地越过了网,我死死地盯着球,它没有飞到我这里,而落在了前排。前排的队员跑过去双手一打,球不但没有飞过网,反而向

>> 心中的那个网

后飞去。大家都有点着急了，我也十分紧张，每一次我们的球都打不过网，难道那个网真的有那么高吗？十三班一次次发出胜利的呐喊，而我们一次次焦急担忧地叹气，比分已经远远抛下我们，不给我们留下一点痕迹，我真的很担心。球又一次完成了一个优美的抛物线，我们奋力一击，球高高弹起，我注视着它飞过对方场地，然后她们没有接到。太好了！我不禁蹦了起来，大家也露出欣喜的表情。我用力搓搓冻僵的手，摆好姿势，准备接球。我们组的队员发了球，可令人惊讶的是球根本就没有过网！机会就是这样，当你拥有它时，它又在和你开玩笑，让你把握不住它，让你后悔。我呆了，这一切都是那么荒唐，那么不公平。难道那个网真的有那么高吗？我们信心又一次被击碎，失误频频。尽管我们怎么跑，怎么喊也没有用，大家似乎都惧怕了。队长告诉我们，所有的球都要大胆去接，我深知这一点，可是总是有一种力量阻碍着我，后来我们的比分拉得越来越大，直到比赛结束，我们输了。大家的情绪都很沮丧，我久久望着那个网，那个网真的有那么高吗？

几名队员流下了眼泪，他们太渴望胜利了，而命运的安排却如此让人心酸，我的心情也久久不能平静。队长也红着眼眶，她突然说："只要每个人都敢于去接球，敢于面对，结果也许不会这样，我们自己打败了自己。忘掉心里的那个网，加油！"大家都擦干眼泪，

成长的味道 >>

把手放在一起,坚定的说:"初一八班,加油!加油!加油!!!"这声音回荡在操场上空,是那么雄壮。

我们的心拧在了一起,那个网还在那里,我们准备好了。

古筝——心的灵魂

忙碌的一个星期刚刚结束，放下手头的工作，略微感到疲倦。深吸一口气，坐在古筝前，拂袖弹一曲，感受音乐无限的魅力。

指尖触向琴弦的一刻，琴弦颤动，发出动听的声响。一个个音符串联成一段段优美清秀的音乐，琴弦不断颤动产生共鸣。两只手在琴弦之间不断移动，柔软的手指滑动留下一片片回声。有时强，洪亮的声音衬托出气势的磅礴；有时弱，轻柔的声音展现了灵动的唯美。强而不炸，弱而不虚，有强有弱，有血有肉方能成大气。一首曲子，不能让它平淡地过去，而是有情绪的千态变化，强就强得像钻石在阳光下璀璨，弱就弱得款款情深。

左手配合右手，颤动琴弦是画龙点睛之笔，使曲子多了几分韵味。上滑音与下滑音使音符多变，艺术体现得淋漓尽致。停顿喘息也很有讲究，加上儒雅的动作，抬手，倾斜，使每一句"话"不慌张，节奏把握决定了整首曲子的情感。突忽的摇指听起来十分亮丽，像一枝独秀的红梅钻出墙角，添上了不少生机。

弹古筝最重要的是在于心境，一个人此时的心情就决定了曲子的情感。若你现在脑子一片空白，思绪混乱，心神不定，弹出的曲子便如白开水，无滋无味，死板僵硬；若你现在心情沉重，不免弹出的会有淡淡的愁绪与哀伤；若你现在神情高涨，兴高采烈，弹出的也是欢快喜悦之情。所以可以说弹古筝并非用手，而是用心。人的性格与风格也离不开它，弹琴的风格也不一样。但有些曲子的难度不在于音符或节奏，而是你的心灵的障碍：有些曲子必须打破你的风格，去挑战另一种情感的释放。

一首曲子就是一个动人的故事，只要你用心去听，去想去体会从中的道理。随着不断变化的音符，情节在展开，像月亮从云雾中若隐若现地露出来，从被厚厚云雾遮盖而完全出来的过程，从月光中的嫦娥，玉兔活灵活现，从天河上划过的小船……有时人已经入境，进入了那个世界……

一个清脆的泛音结束了一首曲子，在空气中久久回荡，像给一首精美丰富的诗点上了一个精巧的句号。此刻疲倦与心事全无……

>> 光

光

　　斑驳的树影在微风中摇曳,细小的尘埃在空气中蔓延。想顺着找寻它的方向,却在一片混沌中迷失。原来,我们早已被光包围,存在于其中。

　　光是什么?它存在于任何地方,却存在得不切实际。伸手抓一把,仿佛细沙一样从你的指缝间流走,连知觉也没有。但是它处处向人们证实自己的存在:因为有光,才会有影子的产生;因为有光束,才能看得见漂浮在空中的细小尘埃;因为有光,我们才能看得见彼此。光借助其他事物来证明自己,想通过隐晦的方式让人们对这份习以为常有所察觉。

　　阳光是最博爱的。它能遍及每一个角落,是大自然对人类的馈赠。我是一个极嗜阳光的人,因为我深深感受到了它的魔力,这份

成长的味道 >>

属于自然的光透过人的眼睛，竟然可以照到心底。每当我徜徉在灿烂的阳光中，都感到光明、温暖和通透，即使没有出汗也觉得酣畅淋漓。眯起眼睛看着太阳，它四散着的光芒刺得人睁不开眼，却以它最大的热情炙烤着你的眼睛、脸颊以及整个身体。光往往是伴随着热的，我的血液在加速，体内像有一种力量在升腾。阳光不仅能给人温暖，更能给人力量，它让我充满活力，充满对美好事物的渴望和追求的动力。

火是另外一种可以发光的自然物，它是灵动的，在漆黑的屋子里，点上一支蜡烛，小小的火苗跳跃着，一点点的风吹草动就能让它翩翩起舞，火苗闪烁的光亮映在墙壁上忽明忽暗，努力用自己的身姿撑起一片的光明。火光是专一的，因为它的光明是建立在黑暗之上的。当夜幕降临，四周漆黑时，它的能量只够照亮有限的空间，但是人们却更加珍惜它。

我坐在蜡烛前，它散发的光仿佛是一个无形的壳膜，把我的整个身体包围，把我从黑暗中隔离，从黑暗中救赎。我看着那摇曳的光芒，内心愈加镇定和宁静，就像母亲的手突然抓住一个迷失方向的孩子。光明是对于黑暗而言的。火光不如阳光包容，不如它温暖，却能赶走阳光带来的躁动和轻浮。

人类在起初的全部光源都来自自然，灯是在文明发展的途中由人创造出来的另一种光，在黑夜中仍然能提供光来满足人们的需求。现代大都市的夜晚灯火通明，霓虹缤纷，把天照得宛如白昼。

>> 光

而在古朴落后的山村里则很少见到。由此看来，灯光是奢侈的。

人们之所以要发明灯，便是需要光亮，白天的光亮不够，夜晚也需要光。我们好像不自觉地在追求着光，我们需要活动，我们需要改造世界，我们不希望自己受到黑暗的禁锢。光代表着欲望，暗代表着束缚。我们追逐着光，就是在追逐欲望。人，究竟还是由动物进化来的，用着最先进的手段，追求的是生命的本性。

我喜欢光，不同的光有不同的特点和品性，也能给我们带来不一样的光明。但是如果没有黑暗，我们怎么会感谢光明？

成长的味道 >>

答案在风中飘荡

  暮色沉沉,轻风拂柳。凉亭美景下一人一琴,指间缓缓流出的音符被风吹的幽远。一曲终罢,嵇康深呼一口气,感觉背后一股风透凉。转头发现身后站着一位白胡子老者,便问老者他的琴艺有何不足之处。老者徐徐说道:"您的指法很熟练,可是感情不够,您把悲壮的曲子弹得过于婉转了。"嵇康请老者指教,老者不推脱,盘膝坐好,闭上眼睛凝神良久,方才拂袖落琴。起初琴音低沉压抑,万物都被压得不敢发出声响,渐而变得铿锵有力,使人随之振奋。最后又万分悲壮凄凉,如怨如慕,如泣如诉。风声愈猛,琴音中夹着风的呼啸声响彻山谷,好似有人在呜呜悲鸣,落花随风满天飞舞,有如在梦境。琴声戛然而止,嵇康如梦初醒,忙请老人传授于他,老者说:"这首曲流传在广陵,故叫《广陵散》。是讲述聂政刺杀韩王的故事。"说完便教他弹奏，天将破晓，不知何时老人已不知了去向。此后嵇康与《广陵散》一起闻名天下。

这就是嵇康与广陵散渊源的故事。

嵇康与司马氏的势不两立，终给自己招来了祸患。死刑场上，三千太学生下跪请愿，却无济于事。嵇康要来琴，弹奏了最后一曲《广陵散》，他和聂政有着不同的遭遇，但在那刻的心情都是波澜壮阔，百感交集的。这一曲听得旁人皆落泪不止，他们的确感受到了嵇康的胸襟和广陵散的真谛。泪与血同洒在琴弦上，这首嵇康用生命演绎的曲子同他的灵魂一起从屠刀下飘然入空。

其实《广陵散》没有完全失传，它的曲调还是被保留了下来，现在的我们仍然可以听到它，只是属于嵇康独特的处理手法已然不见了踪影。

岁月悄无声息地从故人的生命铺成的道路上走过。多少日月交替，春秋轮回，见证了大千世界沧海桑田的巨变。各强大势力的崛起导致纷争不断，战火连绵，民不聊生。但是《广陵散》并没有消失，它依然悠扬地盘旋于人世间，在风中飘荡。士兵和平民绝望且疲惫地望着被战火烧焦的土地，沉重地呼吸着被火药味充斥着的空气，他们在心中苦苦追问着，这样的日子何时才肯终结。《广陵散》顺着硝烟悠然传入他们的耳朵，触动着每一个人的神经。他们用力感悟着其中的深意，凭借他们一人之力根本无法改变现在的时局，凭借一时之力也无法夺回原有的和平。就如《广陵散》也无法改变屠刀下嵇康的命运，无法减退兵戈铁蹄的战争。但是他们可以互相激励，团结起来并且坚持地守护和平，就算不为他们自己，也要为了他们所爱和想守护的人，总有一天胜利的曙光会到来。他们有越来越多的人都在寻找着命运的答案，人们奔走相告，互相提问，互相解惑，产生了更多智慧、勇气和斗志。有些答案定是虚无缥缈，但是有时寻找答案，并不一定是为了得到答案，而是为了唤起勇气、良知和信念。

事实证明，他们盼望的那一天终究会来，只不过在它到来之前，人们都得不到准确的答案。当来之不易的和平降临，《广陵散》仍然在风中默默守候着。但是人们的追问永远停不下脚步。很多人一遍遍寻求着答案，想知道还有多久能在事业上更上一层楼；想知道能守护相爱的人到什么时候；想知道自己何时才能摆脱病痛；想知道什么时候自己才能放下过去，冰释前嫌……也许这些问题已经不像当年那充斥着刀光血影的日子有强烈的冲击感，但是在风中若即若离的答案在如今仍有现实意义。它不断地在人们耳边提起历史，又使他们对生命有了新的感悟。任何事物都是要通过不断积累和经历挫折才能走向成功。就在人们想知道的"这条路"中逐渐积蓄力量，最终实现了的心愿并体现了自己的价值。

《广陵散》在风中飘荡了这么久，却从没有人真正注意过它。嵇康到底为什么不把自己的曲子传给后人？并不是他不想传，而是不需要。《广陵散》的独特弹奏手法虽然失传，但是蕴藏于其中的精神永驻，这就是他希望留给后人最好的礼物。即使是传得那绝妙的技巧又如何？它依旧改变不了什么。而嵇康用《广陵散》，用他自己的亲身经历告诉我们答案——《广陵散》并不是答案，它也不是为了寻找最后的答案，而是在寻找答案的过程中使人们获得力量，找到方向。

《广陵散》飘荡在风中，余音袅袅，空灵且悲壮。我们不确定它在不在，不确定它什么时候在，也不是所有人都拥有它。但是它会在有些人心中最隐秘的地方生根并默默守护着。

指尖微微颤动，花瓣无声落地。曲终，风停。

舍与得

前几天,一位在美国上学的朋友跟我感叹说:"每次放假回国,都感觉熟悉又陌生,觉得自己失去了很多。"正可谓"鱼和熊掌不可兼得",每一件事都不可能真正的十全十美。所以人生中的每一次选择,都会面临取舍的抉择。从古至今,舍与得的讨论从未停止,"舍得"二字也沉淀出中国传统哲思的味道。

"塞翁失马,焉知非福",这个故事中的人物虽然没有主动取舍,但可以看出任何事物都具有两面性,舍与得是一对矛盾,是对立统一的关系。汉初三杰之一的萧何辅佐刘邦起义,为汉室兴隆做出了巨大贡献。登上百官之首的他爱民如子,深得民心,刘邦却因此对他产生了猜忌。为了释去主上的疑忌,保全自己,萧何不得已违心地做些侵夺民间财物的坏事来自污名节。刘邦果然开恩释放了他。萧何舍弃了自己的名节，才得到了主上的信任，保全了性命。面对这样复杂的朝野官场，中国古代传承着一种特殊的文化——隐居文化。"寓形宇内复几时？何不委心任去留！"陶潜被称为中国第一隐士，他隐居山林，逃离官场世俗的纷繁是非，过着悠然自得的田园生活。"善万物之得时，感吾生之行休。"他感悟自然，修身养性，成为中国第一位田园诗人。陶渊明舍弃了功名利禄，找到了自己心之所向。由此可见，只有舍弃一些东西，才能获得自己想要的。有舍，才有得。有得，也必有失。

在这个取舍的过程中，每个人的人生观、价值观不同，他们的选择也会不同。有人选择舍名节得性命，也有人选择舍性命而守真节。有人选择在世俗官场上得志，也有人选择舍世俗而寻心灵的宁静。舍什么，得什么，可能是千古一大难题吧。

毕竟有时，这种取舍是艰难的，也是至关重要的。有些人正是因为他们的一次取舍，改变了自己的命运，乃至整个国家和民族的命运。鲁迅青年时曾在日本学医，但当他看到了当时众多中国人的麻木愚昧时，决定弃医从文，真正的从精神上拯救中国人，他把笔杆当作武器，在改变中国人的精神思想上有着不可磨灭的功绩。红军第五次反围剿失败，开始了艰苦的长征路。他们舍弃了原来的根据地，在国民党的追捕下，毅然决然地实行了战略性转移。这次转移无疑带来了惨重的损失，但是红军的部队得以保留，共产党的光辉得以延续。

　　这种"舍得"精神，早已融入中国人的血脉。有舍，才有得。我们要学会舍得，舍人之难舍，方能得人之难得。

新舍与得

绵延的山脉后映出粉红色的光辉，勾勒出万物朦胧的轮廓。太阳在不知不觉中从山间升起，露出半张脸，把粼粼波光洒在洱海上。云南大理的日出像是一幅油画，是被色彩渲染出的平静，是被平静衬托出的勃勃生机。

我们乘车来到苍山脚下，准备乘坐缆车上山。不巧的是，缆车维修停止使用。正当我失望的时候，当地的居民告诉我们还可以骑马上山。可是我知道山路崎岖，需要好几个小时才能上到半山腰，自己又没有什么骑马的经验，有些犹豫不决。妈妈却显得很轻松愉悦，她对我说："既然缆车坏了，我们就做一次新的尝试，说不定会体会到很多不一样的乐趣。"我只在草原上骑过马，还真没有骑马上过山，妈妈的话说动了我，我决定骑马上山。

成长的味道 >>

  牵马的人是当地经验丰富的村民，他们告诉了我正确的骑马方法，我由刚上马背的紧张逐渐放松了下来。我们很快便拐到了寂静的小路上，远离了集市嘈杂的噪声，马蹄踏在土地上的声音，小鸟的叫声，赶马人的口哨声混合在一起，是苍山上最纯粹动听的音乐。在上坡时，我努力地向前倾着身体，时不时用手中的树枝轻敲马的脖子，在马背上仍然被颠得厉害。在很久以前，苍山上没有修好台阶，没有修成缆车索道，世代生活在这里的人和马便用双脚，用马蹄一步步、一遍遍走出这样一条小路。这种古朴的方式让我对马蹄下的这条小路产生敬佩之情。置身山中，我被绿色的树木包围，时不时踏过流淌着的清澈的溪水，灿烂的阳光透过浓密的树叶洒下斑斑驳驳的影子。我真正走进了大山，越发觉得这里的一切都充满生命力，树木仿佛在呼吸，溪水仿佛在奔跑。我低头发现马棕色的毛发上已渗出汗珠，我用手抚摸它的鬃毛，它的鼻子轻轻地喘着气。我无法用语言表达自己对它的喜爱和感谢，但是我相信它能感受得到。我享受着与马共度的这一段时光，世界上一切可爱的生灵都拥有着美好的情感，并且都能与人类和谐共处。

  骑马上山给了我不一样的感受和体会。虽然不如坐缆车更快更舒适，但是我看到了不一样的风景，听到了别致的声音，体会到了大自然的生命力。虽然有失去，但是得到的更多。有舍，才有得，人生中每一次或小或大的选择都是如此，在适当的时候勇敢舍弃，便会发现你所得到的比舍弃的更多。

>> 独

独

　　"独"在中国文化中是很复杂的。中国人大都喜欢成双成对，最明显的便是筷子了，两支筷子组合在一起才能使用，正可谓"独木难行也"。独木难行，便是不大完美了，但是却也有众多文人墨客追求，想必有其独特的魅力吧。

　　中国古代向来有"隐居"这一说法。人们抛开世俗功与名，潜心隐居山中修行。孤独是苦闷的，而他们却要主动找寻这种孤独。原来"独"是有特殊功效的。人们可以在独处中不受外界影响参悟人生，修身养性，提高自己的修为和境界，这是在外界社会中难以做到的。自寻孤独，正是古人伟大之处，也许主动寻求苦难是通往成功的道路吧。

　　如果说隐居的"独"是为了修炼自己，那么"独"还可以成就自己。孤独成就了哲学家康德，使他写出了全世界哲学家都仔细研读的《纯粹理性批判》；孤独成就了贝多芬，让他写下了气壮山河的《英雄交响曲》《命运交响曲》；孤独成就了安徒生，让他留下了一系列美好童话温暖了无数人却把孤独留给了自己；孤独成就了凡高，给世人留下了带给人希望和灿烂的《向日葵》和《星空》。也许有时某种被动的"独"仍然可以成就一种"独道"。

"独"除了修炼、成就自己外，还有一种"独"是为了除自己之外的芸芸众生。那是一种内心更深切的呼唤，是一种更博大的精神。"举世混浊而我独清，众人皆醉而我独醒。"当所有人都浑浊不清时，逢时不祥的屈原以自己的独醒力图拯救自己的国家；当所有人都沉陷迷局时，孤独的斗士鲁迅用自己的呐喊试图将那些昏迷不醒的人叫醒，找到出路，即便希望渺茫。"独"是一种时代的呼唤，在特定的情况下呼唤这样的人。可是，这样的人又何尝不是痛苦悲怆的呢？

现在的人们，是需要一些"独"的。在纷繁的世界忙碌久了，需要定期逃离喧闹。人不可能永远喧闹，不可能永远欢腾，他们需要定期的独处安宁来缓解内心的压力和躁动，来审视生命的渴望和真谛。"独"是那么必不可少，又是那么复杂。

"独"的复杂在于它的形成，主动或被动亦有；也在于它的动机，欢乐或悲伤亦有。当我们自寻独道时，要忍耐寂寞与孤独，方能修炼自己；当时代呼唤我们"特立独行"时，则需要以自己的

"独"对抗无数的"众",要经历痛苦与悲怆,方能拯救自己和他人。由此观之,"独"的复杂也在于过程。这其中体现着不经历苦难就无法获得成功的道理。

所以,"独"其实是美的,它虽不及万紫千红美丽,但它的美涵养在深处。

成长的味道 >>

遇见文学

　　我与文学的相遇最早应该是小时候睡觉前母亲给我讲的一个又一个故事，这些故事使我好奇并知道了我们是如何来描述这个世界的。再后来就是母亲给我买的各种儿童读物，有童话故事，有中华传统文化故事，还有各种美文等。当时最让我感动的一个故事就是曹文轩的《草房子》，桑桑亲眼目睹或直接参与了一连串看似寻常但又催人泪下感动人心的故事：不幸少年与厄运相拼时的悲怆与优雅，垂暮老人在最后一瞬间所闪耀的人格光彩，这一切让我感到文学不仅是对世界的描述，还是对苦难的战胜，是对死亡的战胜，它可以安慰一个受伤的生命，也可以激励一个迷离的灵魂。

　　后来，我越来越沉浸在文学的百花园中。

　　在这个百花园中，我遇见了文学中人类情感最丰富最生动的表达。淡淡忧愁，李清照吟出了"寻寻觅觅，冷冷清清，凄凄惨惨戚戚……"；对胜利与和平的渴求，杜甫写出了"白日放歌须纵酒，青春作伴好还乡"；对生活的坦然积极，泰戈尔写下了"天空中没有翅膀划过的痕迹而我已经飞过"……文学在文人墨客的探索中发出惊异的光芒。

在这个百花园中，我遇见了文学中人类历史最形象的诠释。古今中外那些经典的文学作品无不是经过艺术构思描绘出的不同时代生活百态的社会风俗画和人文风景线。《阿Q正传》展示了中国辛亥革命前后一个畸形的中国社会和一群畸形的中国人的真实面貌，至今让人心碎；《白鹿原》把清末民初到解放前夕民族历史发展的缩影聚焦到两个家族，可以说是一段历史的深刻见证；《巴黎圣母院》通过美丽的爱斯梅拉达、面容丑陋的加西莫多、道貌岸然的克洛等之间的故事艺术再现了四百多年前法王路易十一统治时期宫廷与教会狼狈为奸压迫人民的历史……文学在某种程度上很好地展现了不同历史时期的生活和斗争画卷。

在这个百花园中，我遇见了文学中人类的智慧和人性的复杂。《人间失格》中太宰治的内心独白，一个渴望爱又不懂爱的"胆小鬼"；《欧也妮 葛朗台》中葛朗台的吝啬、贪婪、狡诈和冷酷；《老人与海》中那位永不言败的老人，那句"不过人不是为失败而生的，一个人可以被毁灭，但不能被打败"让多少人充满勇气。在文学中，人性的尊严迸射出耀眼的光芒，人性的丑陋和虚伪亦无可遁形。

  在这个百花园中，我遇见了文学中永远的存在。世界上许多东西都不可能永远存在，人生在不断得到中也不断失去，今天永远不会再来，正如"逝者如斯夫，不舍昼夜"。但借助文学却使人生种种体验得以保留。《红楼梦》中宝玉十六七岁，黛玉十四五岁的样子永远不会老去；《边城》里的翠翠永远是那个情窦初开，天真无邪的女孩；《苏东坡传》中载歌载舞，深得其乐，忧患来临，一笑置之的苏东坡永远不会离去。

  遇见文学，我内心充满着对未来的希冀与憧憬。当一切走过，翻开自己的点滴作品，或发表或留存，或幼稚或深刻，甜蜜依在。因为文学能经受得起时空地域的辗转流离。

  尽管我知道，前面还有很长的路要走，但我仍会做一只小小的蜜蜂，飞舞在文学的百花园中，心中只为喜爱的文学。

中国传统建筑令我震撼

中国传统建筑作为传统文化的一部分有着悠久的历史、鲜明的风格。它们有共同的特性，也有鲜明的个性。每一种形式都独具魅力，都令我深深震撼。

传统建筑最重要的一个特性在于其群体性，很多个体建筑组合在一起，形成一个更加丰富多样的建筑群。《阿房宫赋》曾这样记载"廊腰缦回，檐牙高啄。各抱地势，钩心斗角。盘盘焉，囷囷焉，蜂房水涡，矗不知乎几千万落。"不禁想象阿房宫的样子，廊道蜿蜒萦回，飞檐翘起像鸟嘴一样啄向天空，屋角彼此相斗，从远处看像蜂房那样密集。各种形态的楼阁檐壁和廊道地势相互配合，展现出曲折婉转的变化美和钩心斗角的组合美。光通过这些文字，我便被中国传统建筑的和谐丰富所震撼。

现如今保存完好的传统建筑多是皇家建筑，故宫就是其中的典型代表。高高的楼门露出威仪的面庞，挡住了来者的视线，把万千楼阁隐藏在这红色的身躯后。通过楼门顿时觉得眼前一片开阔，雄伟的殿堂三面环绕，红墙金顶，且屋檐的四角向上高高翘起。层层叠叠的金顶交叉相错，耀眼的金色像流动的星河。此时的我完全被传统建筑的雄伟富丽所震撼。

远离繁华，自然清新的风格会带给人一种不一样的震撼。徜徉于江南园林之中，绿水环抱着草木，草木掩映着亭台。随处的一弯廊道、一座小桥、一扇窗户都仿佛会说话，自然和人文巧妙的结合，使一切都散发出生命的活力。置身其中，想把自己也融入到这园子中去，去做大自然中最普通也最可爱的一个生灵。我慢慢琢磨品味这种自然的韵味，看似简单却蕴含了无穷的力量。再一次，我被传统建筑的纯粹雅致所震撼。

中国传统建筑都以自己独特的形态存在于世间，令我震撼的不仅仅是外表，更是内涵。中国人把几千年的华夏文明浓缩成一砖一瓦；把古人无限的智慧和传统哲学思想融入进亭台楼阁；把世代百姓待人处世的态度镶嵌进墙垣缝隙；让中华民族精神源源不断地流淌在每一座传统建筑中。

这些建筑是有灵魂的，它们必要坦荡独立于世，且默默记录着昔日往事，见证着沧海桑田。这些建筑更是有品格的，它们友善、谦卑、包容、博爱，守护着世世代代中华民族的子孙，也被世代中国人敬重、赞颂。

仪式

鲜红的国旗缓缓地爬上旗杆，在微风的吹拂下不断舞动翻飞，最终在旗杆顶端停下了脚步，却又用那一抹舞动着的红色挡住了一缕清晨的阳光。我久久凝望着那被阳光透得金黄的国旗，若隐若现在一片黄晕中。这种感觉既熟悉又陌生，每周都会经历一次的升旗，大概早已被我们忘记它作为一个仪式时的姿态。

我们经历过太多仪式，很多时候便只把它当作一种可有可无的形式，却又何曾记起它本来的初衷。

在人类漫漫历史长河中，仪式一直伴随我们而存在。追溯到中国古代，最盛大的仪式是祭祀，人们通过它祈求丰收或者实现自己的心愿。古代帝王认为通过这种庄严的方式可以让上天看到诚意，便会帮助这个国家繁荣昌盛。仪式自古以来被赋予了神圣的意义，

>> 仪式

它是庄严的，隆重的，更是人们发自内心的。

《史记》的《陈涉世家》中有这样一段描述："袒右，称大楚。为坛而盟，祭以尉首。"当起义军围绕着神坛宣誓，用牛羊祭天时，胸中的豪情被激发，为正义而战的壮志燃烧得热血沸腾。这样的仪式无疑鼓舞了士气，为起义的成功奠定了基础。那时的人们就已经明白，仪式确是不可或缺的重要过程。

仔细想来，人的一生也许并没有几次像宣誓这样的仪式，留给我印象的是加入共青团的那场宣誓。在团员发展大会上，面向团旗，将握拳的右手举过肩膀："我志愿加入中国共产主义青年团，坚决拥护中国共产党的领导，遵守团的章程……"铿锵有力的声音在天空中盘旋回荡，这些平日里最普通的话语，在这一时刻变得充满力量。我们的声音越来越大，语气越来越坚定。那时的我感受到的是骄傲、自豪，更是一种沉甸甸的责任。

人总是要给自己一些仪式感，它可以不那么盛大，甚至是只属于自己的仪式。这些小小的仪式可以给人崭新的开始，可以给过去画上完美的句号。它让我们记住过去，也要对未来充满希望。仪式从来不是可有可无的形式，它为我们带来无穷的精神力量。

成长的味道 >>

《浮世》

主要人物：

汪瑾梅——自幼丧失父母的一名孤儿，被一名工人汪波收养。

汪波——一名底层的劳动者，善良朴实，没有亲生孩子，领养了一名弃婴，后取名为汪瑾梅。

尹孝同——父亲是工厂厂长，是一名官二代。

尹浩——尹孝同的父亲，一名工厂厂长。

阿彪——瑾梅的同学，学生时代和瑾梅互相有好感。

孟婷婷——瑾梅的大学同学，知心朋友。

陈惠茜——汪波的妻子，勤俭持家。

>>《浮世》

第一幕

　　布景：汪瑾梅的闺房内。梳妆台的镜子正对着门。进门的右手边是她的床，床头挂着一张大大的喜字，被子是大红色。进门的左手边靠墙处是书柜，里面不多不少地摆着书。书柜靠右的墙上挂着一张发黄的镶嵌着框的黑白合影。书柜旁边是写字台，配有一把木椅子，桌子上有一盏台灯和一瓶墨水和几片写着字的纸。左面的墙壁也被贴上了喜字。梳妆台的左边地上放置了一盆水仙花。

　　【开幕时，汪瑾梅穿着一身长袖红裙，头发高高盘起，发髻上插了一根孔雀式样的簪子。面对着梳妆镜坐着，背对着门，面无表情地注视着镜子中自己的脸庞。】

　　【敲门声。】

汪瑾梅：（目光呆滞）请进。

孟婷婷：（由门进，走到瑾梅身边站定）梅，准备的怎么样了？（见瑾梅不说话）哎呀，你怎么了？今天可是你大喜的日子，一定得高高兴兴的呀！

梅：知道了。（露出一丝带有倦意的笑容）我自己待一会，你先去吧。

婷：（放心不下）难不成，你还想着那谁？

梅：（猛地抬头）谁？

婷：你说是谁呀，（拉起瑾梅的手，同她一起走到床边坐下）阿彪呗，我知道你俩感情好。

梅：我没有。（不自觉地低下头）

婷：我记得上大学那会儿，阿彪对你那么好，给你讲题、帮你带早餐……可真是羡慕死我们了。（朝瑾梅挑了一下眉毛）

梅：（笑）

婷：唉，也不知道当时是谁推掉我们的聚会，和阿彪过二人世界去了！

梅：我和阿彪什么都没有的，只不过……（低头不语了）

婷：只不过什么？（咯咯地笑）在我面前就别不好意思了，你忘了？以前你们俩可是有约定的。

梅：那时的我们都很单纯（浅笑）毕业之后，才发现生活不是一个约定那么简单，现在是不可能实现的奢望了。（眼神落寞的）

婷：你们俩都说好了，这说分开就分开，你心里肯定还放不下他吧？

梅：（没有回答她）婷婷，你知道的，我们家条件不好，我爸是尹孝同他爸工厂里的工人。如果我不答应他，他爸指不定会做什么。我爸还说，我无论如何也要嫁到他们家里去，让我不要跟着他们过苦日子了。

婷：（安慰）我知道你不情愿，不过尹孝同对你也挺好的。

梅：我是不怕苦的。可是我爸说如果我不嫁的话，他会难过内疼一辈子。

婷：唉……

梅：妈没有工作，只靠爸一个人。这以后，他们两人的生活也许会过得舒坦一些。

婷：如果你爹娘还在，一定也会替你高兴的。

梅：（脸色瞬间变得悲哀）我……

婷：他们的那起案件还没有破吗？

梅：我每个月都会去警察局询问，可是一直都没有结果。（叹气摇头）

婷：（惋惜的）哦……

梅：（悲伤地）这么多年了，我连自己生父生母怎么死去的都不知道，我不配当他们的女儿。（眼眶红了起来）

婷：（安慰）你别这样说，大家都知道你很孝顺。

梅：我们一家三口一直过着平静的生活，偶尔想起那时的时光，我就忍不住……（抹眼泪）

婷：梅……（一手搭在她肩上，一手扶在她背上）

梅：（自顾自地说）直到有一天，像往常一样，爹去了工厂里，结果就再也没有回来。（轻轻地啜泣）

婷：（打断）你生父和汪叔叔是一个厂子里的，汪叔叔有没有和你说他发生了什么？

梅：没有。我曾经问过他，他说不知道，让我别再纠缠过去的事了。

婷：也是，他们不在一个部门里。

梅：我娘得知了这个消息，哭得昏了过去，后来是被邻居救醒的。我当时年龄小，不懂事，只知道跟着一起哭。（用手抹眼泪）后来娘……也走了。（忍不住地哭泣）

婷：（帮瑾梅擦眼泪）现在你也有一个家和爱你的爸妈。

梅：是啊，汪爸当时收留了我，他自己过得也很清贫，但是他对待我像自己的亲女儿一样，还供我上大学。（感激的）没有他和陈妈妈，我是不会有现在的日子的。

婷：这样吧，我爸最近刚调入警察局，这事我一定让他帮我查清楚！

梅：（把眼泪擦干净）太谢谢你了婷婷。我没事了，一会他们就要来接我了，你先去准备准备吧，我再自己待一会。

婷：好，那你抓紧啊，我先走了。（出门并把门关好）

梅：（走到那张黑白合影前）爹，娘，今天你们的不孝女就要结婚了，您们在天之灵请多看看我吧。（伸手抚摸着照片）有什么事就托个梦给我。（稍停顿了一下）我一定会找到害你们的凶手，并为你们报仇。（用手摩挲着照片）

【窗外有一人影敲窗，瑾梅忙向外看。】

阿彪：梅，是我。（压低声音）你开下窗户。

梅：（忙把窗户打开）你怎么来了？

>>《浮世》

彪：（轻巧地由窗跳进，走到瑾梅的面前）你今天真美。

梅：（目光躲避着阿彪）我不是叫你别来的吗？被别人看见了可不好，你还是赶紧走吧。

彪：要走咱俩一起走！（拽住瑾梅的手）

梅：（挣脱开阿彪的手）我不能走……（把头扭到一边）

彪：为什么？你说过要永远和我在一起，你都忘了吗？

梅：不，（摇头）我没有忘。可是阿彪，现在我的处境你也知道，对不起……以后……把我忘记吧。

彪：（悲痛的）你叫我怎样忘得了？我没想到你是这样绝情。

梅：（眼圈泛红）为了爸妈，我不得已才这样做。

彪：（有点愤怒的）你从来都是为了和你没有血缘关系的父母！但你有没有考虑我的感受！

梅：（稍稍激动）你以为这是我想要的？你不理解我！

彪：好，我现在就告诉你，你一直尊敬热爱的养父母是什么样子！

梅：他们是顶好的人。

彪：你错了。你的爸爸，（一字一顿的）也就是你的养父，就是害死你爹的凶手！

梅：（颤抖的）不可能！这绝对不可能！

彪：（逐渐冷静下来）这真的是事实，我阿彪不会在这件事上瞎说话。

69

梅：我不相信！你胡说！

彪：我是听你爹厂子里的强子说的，他的话你还不相信吗？（真诚地）梅你仔细想一想，你爹被害的那天汪波可不在家。有人看见他就在工厂里！（见梅不说话，又继续）你还记得你爹临走前写下的吗？

梅：（睁大眼睛）那个三点水？

彪：他要写的就是汪波啊！

梅：（流泪）可是他没有理由害我爹。

彪：强子说，汪波和你爹是工作上闹了矛盾，汪波一冲动就……当时他也没有想那么多，没想到你爹还是……

梅：（泪流不断）你……说的都是真的吗？

彪：千真万确。

梅：（崩溃的）为什么？（痛苦的）为什么……

彪：（深情的）梅，所以跟我走吧，离开这个鬼地方。

梅：不，（摇头）你在骗我。（流泪）

彪：别再自己欺骗自己了，他为什么要对一个和他没有任何血缘的孩子这么好？那是因为他心中有愧！

【屋外脚步声嘈杂。】

甲：快来人看看哪！老汪要不行了！

梅：（无比震惊地看向阿彪）

彪：（无奈地摇头）

【瑾梅跑下舞台,阿彪跟随她跑下。】

第二幕

布景:灵堂前挂着一幅汪波的黑白遗像,存放他遗体的棺材被安置在遗像前面,可以看出来棺材的制地不是很好的,周围不整齐地摆了些黄色白色的花。在棺材的前面摆放着一张木头桌子,上面披着一块黑色的桌布。几根蜡烛摆在桌前,被风吹的到处摇摆。屋子里人很多,人们三三两两成群地站着,整个屋子被此起彼伏的抽泣悼念的声音充斥着。

【汪瑾梅穿着白色的孝服慢慢走进灵堂,众人看见都为她让路,并指指点点。】

甲:你说这好好的人说没就没了。

乙:还是在他领养那闺女婚礼那天(叹气)。

甲:喝完喜酒就倒地上了,谁知道怎么回事!

乙:真是可惜了,老汪是多好的人啊……

(忽然外面一阵嘈杂)

丙:有人家被抄了!快去看看吧!

【众人哗然,一下子拥出灵堂去看个究竟。此时只留汪瑾梅跪在中间,背对着观众,聚光灯打在她身上。】

梅:爸,你就这么不辞而别地走了,为什么又要丢下我……(抽泣)阿彪说你是害我父亲的凶手,我不敢相信,可你又为什么突然离开？难道要逼我相信他吗？（自言自语地）这件事情为何如此之怪，这究竟是怎么回事呢？

【孟婷婷跑到台上。】

婷：（气喘吁吁）梅，我爸终于查清楚害你爹的凶手了！

梅：（紧张的）是谁？

婷：害死你爹的是尹浩！他们家现在已经被调查了！

梅：（震惊）什么！那汪波……

婷：那天晚上，汪波确实也去了工厂，但是因为临时有事，我们问了他的同事，很多人亲自作证他没有去过别的地方。

梅：那三点水……

婷：（急忙说）但是在现场却发现了一把属于尹浩的钥匙，还有留在凶器上的指纹和他的正好匹配！那三点水就是尹浩的"浩"啊！

梅：（崩溃的）怎么会这样……

婷：汪波在工厂里表现很出众，很多人说让他替换尹浩的位置。尹浩对他产生了敌意，想给他找点麻烦，但是不小心竟然出了人命。

【阿彪走上舞台。】

彪：梅，（温柔的）现在害死你生父的凶手已经死了，跟我走吧，过属于我们的生活。（两只手握住瑾梅的胳膊）

梅：（用力挣脱开阿彪）滚开！

彪：（收到了惊吓似的）梅，你这是怎么了？

梅：（愤怒地颤抖）你骗我……你骗我说我爸是杀人凶手！

彪：（无辜的）我没有骗你啊！

婷：（冷冷的）害死她父亲的不是王波，而是尹浩。

彪：（大惊失色）什么！这怎么可能！

婷：这是警察局的调查结果，我们发现了留在现场的钥匙和上面的指纹就是尹浩的。

梅：（泪流满面）害死父亲的凶手终于找到了……可是……汪爸又离开了我（痛苦地抱住头）杀害他的凶手又是谁！

彪：（犹豫的）我……（似乎下了很大决心）是我，我在他的酒里放了药。（坚定的）这件事我不该瞒着你。

梅：（近乎疯狂的怒吼）为什么！

彪：我不知道事情会是这样的，我真的以为汪波是凶手。你要相信我（激动的），我做的一切都是为了你！我想为你报仇想让你幸福，你难道不懂吗？我爱你！（冲上前去一把搂住瑾梅）梅，原谅我，原谅我吧！

梅：（发疯般地把阿彪推开）不！

【阿彪被梅推倒，顺势头撞到了桌子的一角，当下流血不止并停止了呼吸。】

婷：快来人啊！这里有人受伤了！

梅：（害怕的）阿彪！（双手摇晃着他的肩膀）你醒醒！

【四个男人闻声赶来，把阿彪抬下了场。】

梅：(不受控制地跪在地上)命运为什么要这样捉弄我?(无力地)我最爱的两个父亲都离开了，而我……和杀父凶手的儿子结了婚……爸，(怪异地笑)你就不应该收养我，不应该把我当做你的女儿。

婷：梅，你冷静点。

梅：(怒吼)我最亲的人都离开了我！我被仇恨控制又被它吞噬！(停顿)可是(突然伤感的)爹，你知道吗，我真的好痛苦，好无助。(泪流满面)时至今日我已经没有勇气再为你报仇，身边的人一个个都离我而去，(激动的)我见过太多鲜血，也沾染了太多……(捂住脸抽泣)既然如此，(大声地)我不配再活着！(快速地跑下台去)

婷：梅！(跑着追下台)

【灯光渐灭。】

【灯光渐明，只一束聚光灯打在一位拄着拐杖的白胡子老者身上，他慢慢走上舞台。】

老人：半生心结痛，两行热泪流。问世间情为何物？空思念。昔日情，只因错而散，究竟是造化弄人，终是两两相误，以一生痛与念换一朝不慎，如今白发空悲也！

【灯光渐灭，全剧终。】

刘子言

成长的味道

何谓成长？不过是不断挑战自己，迎接并克服困难的过程。但成长究竟是什么味道呢？这个问题始终盘旋在我脑海中。

我手中拿着分数不尽人意的试卷，回想着自己付出的努力，一阵阵叹息。妈妈见我情绪低落，走来提议："看外面阳光明媚，出去放风筝散散心吧！"

来到公园的湖心岛。绕好线轴，将线系在风筝上，我抓着风筝顺风慢跑。借风势渐渐松开手中的线，风筝乘风而起，冲向蓝天白云。倏尔一阵疾风吹来，风筝像是"大鹏一日同风起，扶摇直上九万里"，我趁此时机匆忙放线，线轴"嘶嘶"响着，风筝愈飞愈高，渐入佳境。妈妈在一旁鼓掌："不错，时机抓得很好，风把风筝带起来了！"抬头仰望，几缕浅白的丝纱绣在碧澄的天际，蝴蝶状的风筝在空中翩翩起舞，展现着它袅娜的身姿，不时掠过的鸟儿像是它的伴侣……

  当我欣喜地快速绕着线轴时，空中的线却渐渐松弛下来，弯成一个弧度，风筝也缓缓下落。我心中带着几分疑虑，手中仍不断放线。风筝下落得更加急速了，我只好拼命拽线来回跑，可这只"蝴蝶"却像是坚定决心返回大地安憩，丝毫不听掌控。我十分焦灼，眼见希望渺茫，心想结果已然如此，要不就此放弃？

  一旁的妈妈察觉到我的心思，对我说："要坚持啊！这么一点小困难就被打败了？你看现在风小，这么快放线风筝注定要下落，要随风势调整啊。"我意识到了问题的本质，急忙向回收线，顷刻间起效，风筝逐渐稳定，重"立"空中。我调整风筝的方向，在它即将下落时，快速收线；待它平稳，继而慢慢放出。如此风筝渐飞渐高，承载着我们的信心，在天空展翅飞翔……突然脑中闪现一念：风筝如此，学习不也是如此吗？我们确定学习目标就一定要坚持，在学习的过程中还要不断调整自己的状态，当身体状态好时，可以集中精力多学习一些知识，当身体疲惫时，可以适当休息，这样才会提高学习效率，实现学习目标。

  原来成长便由挫折、领悟、成功交织在一起，这条路上没有一帆风顺，只有坚定信念，耐心体会，才能找到解决问题的办法。这就是成长的味道，无论苦苦甜甜，最终都"美"在心里。

淡淡的日子也飘香

　　经常听到有人抱怨：生活平淡无味。殊不知生活如茶，若不耐心品味，怎能嗅出平淡日子中的缕缕香气？

　　雕花木桌上摆好茶具。烹一炉水，拈几撮茶叶，倾入茶壶。茶叶渐渐由紧缩转为舒展，沸水褪去叶尖杏黄的外衣，露出鲜嫩的茶苞。静候些许，竹色的茶海上泛着淡淡的水汽，一股清香扑鼻而来。我用食指轻轻顶住壶盖，拇指执壶沿，无名指托底，倒入透明的公道杯中。一口尝，二口品，三口尽，茶水温润着唇舌，霎时香暖流遍全身。随手拿起桌角的《雅舍小品》，品味着梁实秋笔下的人间琐事、世相百态。何为谈话的艺术，快乐究竟是什么；请客送礼的窍门，过年算命的掌故……品着茶的幽香，嗅着书的墨香，我沉醉在一个个引人深思的人生感悟中，生活的逸趣不就隐藏在这淡淡的日子里吗？

　　品茶是清香，与友同游便是浓香了。神堂峪绿树浓荫下，我们找好自己的"阵地"，摆上野餐布，找来几块闲置的砖头，大家合作搭成了一座通风易燃的三角状灶台。"谁去捡木材？"组长小杨问道。"小郭、小雷你们去吧，我们准备食料！"待在一旁的小江大声提议，于是大家应声而动，各式的食料很快摆满餐布。许久后小郭、小雷大汗淋漓地抱着一捆木柴跑了回来，憨厚的迪迪用力将木条掰成小段。组长小杨指挥大家："我来做汤，迪迪往火堆里填树枝控制火候，言言、小江可不可以做份沙拉土豆泥？大家再想想可乐鸡翅怎么做。"组员们各就各位，开始忙碌起来。我和小江把土豆放到塑料袋里碾碎，倒入碗中，加了点鸡蛋末、调味剂，制成了一份简易的土豆泥。这时一股淡淡的香气飘入鼻中，蔬菜汤新鲜出炉，迪迪将汤均匀分成八份，递给每个人，大家脸上都绽出了幸福的笑容。"别忘了还有可乐鸡翅呢！"我说着拿出了行囊中的菜谱，"首先，要倒入半锅可乐，待沸腾后放入鸡翅……"只听"哗"的一声，可乐已然入锅，晗晗小心翼翼地放入鲜嫩的鸡翅，浓浓的香气也迫不及待地钻入鼻孔。此时每个人都因自己肩负的一份任务与职责，在这淡淡的日子中变得不平凡，也因每个人尽心尽力，这顿午餐才特殊而丰盛。

　　生活看似平淡，若是用心品味，"香气"无处不在。那我们为何总是抱怨，而不细心体会它的美好呢？

冬日圆明园

去年冬天，大雪纷飞的日子，我踏进了圆明园的大门。

在素雅的白色画卷里，几笔淡淡的墨绿荡漾着，那是树的倒影在水波中的点点涟漪。随着浮动的，还有绿幕前的红瓦小亭，微风中，被吹成一纹一纹。这日没有太阳，空气中夹杂着雪的阴冷，我便不再观景，返回大路。

顿时刚刚近似黑白渲染的世界变了模样。街上彩色的伞织成一条长龙，歪歪扭扭的摆动着，看起来热闹极了。却不知为什么，或许是雪吸收了声音，或许是人们因寒冷懒得张口，周围静悄悄的，只见雪缓缓地落在行人的伞上，化作一片片冰晶，轻轻打在树上，压弯了枝头。脚下的雪被踩成一滩滩泥水，变得发滑，行人走得小心翼翼，清洁工拿着铲子，不停地清理大路上的雪水。

成长的味道 >>

　　我想，既然来到了圆明园，就应该去看看雪中的遗址。走近遗址，人烟稀少起来。这里真的是个银装素裹的天地，不再有大路上五彩服饰的点缀。首先映入眼帘的是两个用碎石搭起的门，我很好奇，向前走去。发现门后摆了一列大块的碎石，它们凌乱地排放着，似乎也无人去打理它们，看起来是那样颓败无章。上面落了一层厚厚的积雪，没有游人的嬉戏践踏，它在一片静谧中显得更加厚重。这时，道路两旁的树也庄重起来，安静地立在那里，好像是肃穆地凝视着这座百经沧桑的皇家园林，静默地祈祷着远离苦难。

　　我在外界躁动不安的心无声中被净化洗涤，历史的沉痛使我沉静下来。我放缓了步履，屏气凝神。不远处又是一片断壁残垣，石壁上的流云、猛兽的图案仍清晰可辨，可整座石刻却裂成了好几块，还有边角缺失。几个不完整的石壁凑在一起，是那样孤苦伶仃。此时，我竟觉得自己正被熊熊大火炽烤，和这些石壁一起发出无声的啜泣与哀号！

　　前面是一处喷泉，四周本应立着十二生肖的猛兽，八国联军侵华时它们被掠夺，几十年后中国又将部分重金买回。我突然不再悲哀了，遗址再颓败，那也只能代表过去啊！中国是条沉睡中的巨龙，它虽遭受过欺压，但是从来没有放弃过，一直努力地改进发展，这几座买回的生肖、如今科技经济在世界的领先地位不就是很好的证明吗？这条巨龙在犯错后觉悟要自强，它一直在迅猛地腾飞，不断为百姓谋求幸福，难道还有理由痛斥过去吗？又有谁能不

>> 冬日圆明园

犯错就飞得很高呢？日本不也是经历了明治维新才迈入强国的行列吗？我们不否认历史，不遮掩自己的失误，因为那只是历史特定时期的事件，遗址的开放让我们铭记历史，不重蹈覆辙。每个人来时是无知的，走后不应仅是愤懑的，更应是振奋的、坚定的！

雪稀稀落落，我的心久久不能平静。倏然我仰头，看到冬日的暖阳正闪着白光！

成长的味道 >>

对微软小冰的见解

　　最初对人工智能的了解出自于初中的阅读题，文章讲的是李世石对弈AlphaGo的全过程，后面有一道题让我们谈谈对"人工智能"的看法，当时我总觉得它离我们很远，至少目前还不值得忧虑，便不假思索按"套路"作答了。直至近期多家新闻媒体连连报导"微软小冰出版第一部原创诗集《阳光失了玻璃窗》"，引起广泛热议。我才渐渐觉醒：人工智能已经走在了社会发展的最前沿，想要对此袖手旁观近乎不可能。

　　随着"人工智能诊疗""无人驾驶"的问世，文学情操的革新也不甘居后，"小冰"的出现自然引发了社会上的几种观点：有人认为这是科技发展一个重要的里程碑，走过这一步，人工智能将会更加健全，铸就更完善美好的社会；当然，质疑声甚至淹没了乐观的一

>> 对微软小冰的见解

方：小冰的诗能否真的"上得了台面"，与著名作家相提并论？是否真的有和人类"抢饭碗"的能力？在诗集出版的浮夸形式背后，我们又能看到些什么？对此我也有一些自己的看法。

首先还是从积极的一面说，近些年科技发展迅猛，在机器技术上人工智能不断突破，医疗、金融等都有卓越的提升，近期人们竟然尝试跳脱"技术"，使人工智能在人文情感上有所造诣，不可否认这种勇于创新、不断前行的精神值得嘉奖欣慰，小冰出版的诗集也算是一个小成就，标志着一段新的努力历程，所以我们不能仅从"抢饭碗"来消极地给小冰挑刺，否认科学带来的益处，固执地认为人工智能取代人是天方夜谭，某种程度上讲，机器与人确实还差着很远的距离，但是我们要承认时代的推进和发展，对人类进程的每一步保持积极的态度。

以上是从宏观来评论"小冰"事件，不过还不能高兴得太早，仔细"品读"，人工智能就"露出了马脚"。

> 钥匙是窗门
>
> 因而是伟大的
>
> 那种颜色
>
> 自由的灯火闪烁在红花梦中

读了几遍还是未能理解其中的深意所在，"伟大的颜色"和"钥匙、窗门"没有丝毫因果关系，最令人费解的是"灯火""红花梦"和前文没有任何联系，虽说"一千个读者就有一千个哈姆雷特"，诗词需要隐晦，人人的理解也不尽相同，可是前后文要表达的事物和感情至少要相关吧？至少逻辑主线应该是一条吧？读者的理解和联想也是建立在"读懂"之上的，为了确认我的理解能力不比常人差，我上网查了网友的评论，得到的一致答案是"不知道在说什么"。"伟大的颜色""自由的灯火""红花梦"都是一些意境很缥缈、虚幻的词，乍一眼看上去很美好，可当失去逻辑后，就只是文字的堆砌了。小冰的问题暴露了：它只是从519名诗人的诗句中生搬硬套，把辞藻、文风堆砌在一起，只是语言文字上的美感，没有实际的内容和情感的联系，华而不实，不具有太大意义。

其次是对诗词本身"作用"的探讨，写诗词难道只是为了赚稿费，甚至成名吗？我认为更重要的是宣泄内心的情感，并在文字间产生人与人的共鸣。诗词的产生原是因为诗人心中的情感无法在现实世界中说出，用文字的形式表达出来，缓解自己心中的波澜起伏，并找到更多的知音。而人工智能作的诗恰恰与诗词最初的意义背道而驰，它不是为了抒发真实的情感，它仅仅是为了写诗而写诗，为了证明科技也能做到这些，为了展现给人们美好的诗句而借用别人的思路随意拼凑，失去了写诗词的"初心"，作出的诗便已经没有意义，也不可能具备"美感"。

另外还可以从"学习过程"中分析。新闻说"小冰花费100小时，不断反复学习积累，训练10000次以后，才拥有的现代诗歌的创作能力。若把这10000次的迭代换算到人类身上，大概需要100

年。"由此可见，小冰的学习速度远远快于人类，但这是不是就能说明人工智能的学习效率已经把人类甩了一条街呢？我认为不然。从呈现结果上来说可能人类略逊一筹，但是两者的学习过程却相差甚远。阅读诗词时，人们的脑中会产生很多联想，并在一种沉浸、快乐的氛围中把诗词内化为自己的一部分。但是小冰只是把诗词记在了芯片里，是一种机械的记忆，没有"内化"这一深刻的理解，学习过程本就不具备"创造性"，是死板而麻木的。在阅读过程中，人们的思维能跳脱过去诗人的思维定式，出现"新点子"，这才能称为"真正的学习"，同时也是"创新"的由来。相比之下，小冰根本没有领会诗人们的内在情感联系，机械刻板地记住了一些华美的诗句，运用时便自然暴露无疑。

总体来说，科技的发展是可观的，在某些方面帮助人类解决了很多难题，但不是万能的，人能思考、有感情、会创造，但人工智能本身不具备这些特性，因此终究还是为人类所掌控。或许一些低级的工作人工智能确实会和人类"抢饭碗"，因为这些工作不能战胜人工智能的弱点，它们不需要思考，也不具备"创造性"，比不过人工智能技术方面的强项，自然就会被取代，"失业高峰期"或许就在不远的将来。但一些高等的研发工作和高雅的诗词文作却能在时间的长河中代代相传，直至整个宇宙生命期限的终止。

因此这也就解释了人活着的意义，那就是：思考，不断地创新突破，并在生活中体会事物带来的不同情感。植物两者的能力都不具备，因此是低级的生物；动物有情感，但是不会思考，因此比植物更高级；人类之所以是生物链的最顶端，正是因为两者兼备，因此无法被超越。这是自然的法则：思考才能证明你的与众不同，只有这样大浪淘沙后才能屹立不倒。

谢谢小冰带给我的思考和启发，使我受益匪浅。

耳目一新

教室里同学们智慧的火花碰撞,提出耳目一新的思维方式久久回荡在我脑海中,课外实践分工做饭的体验令我耳目一新,收获的不仅是新鲜,更有那份无法言喻的喜悦。

同学们不同的思维方式令我耳目一新。还记得那节物理课老师留下"碘升华"的思考题。下课后班里争论得沸沸扬扬,我正冥思苦想,只听后桌小苏的声音:"这个问题很简单啊,放个装满水的烧杯就好了。"我连忙转过身,只见小苏在纸上写写画画,不一会儿一幅完整的实验图跃然纸上。我不同意小苏的观点:"水的沸点100摄氏度,无论是碘融化还是升华温度都达不到啊!"其余同学也开始七嘴八舌发言。阿张提出观点:"小苏是对的,在达不到熔点的情况下才能说明直接升华了,任何温度下都可以升华!"听到这个耳目一新的解释，我茅塞顿开，抽出一支笔将思路写在纸上，怀着几分愧疚向小苏坦言自己的无知时，也充满收获知识后的欣喜。我想只有为追求真理激烈争论，才能擦出智慧与智慧的明亮火花，得到耳目一新的答案吧。

课外实践做饭的体验使我耳目一新。初二时年级组织去神堂峪野炊，最初听到这个消息，新奇感漫上心头。不久后乘大巴车，我们来到这片山水秀丽的地方。小组在一片浓荫下找到"阵地"，铺好野餐布分头行动。晗晗、迪迪和我负责搭建三角状灶台，珊珊和杨杨负责准备食料，小郭和橦橦去找木材。我在潮湿的土地上发现几块完好无损的砖头，放到"阵地"中央。晗晗和迪迪也抱着几块砖从不同方向匆匆跑来。我们商量将其中几块摞在一起，搭成三堵"墙"，围成透风的三角状"堡垒"。"堡垒"竣工，一口大锅就从天而降，完美遮住"堡垒"上端的缺口。这时小郭和橦橦也大汗淋漓地抱着两捆木柴回来。点燃一张废弃的报纸引燃木柴，不一会儿大火冒起，我们连忙将木柴放入堡垒中。"咱们做可乐鸡翅吧！"说着珊珊娴熟地倒入可乐，几只鸡翅也迫不及待地跳入锅中，盖上锅盖水汽氤氲。一旁的杨杨拿出早已备好的菜谱，大声宣念："时间不宜过长，待到可乐沸腾刚刚好……"体验着耳目一新的课外实践，看到同学间分工合作恰到好处，心中莫名升腾出一份喜悦，使我耳目一新的不仅仅是这项活动，更是同学间相互配合为集体尽心竭力的赤诚。

生活多姿多彩，校园中、课外实践里我都收获到耳目一新的感受。与其抱怨生活乏味，记忆的潮水平淡，不如换个角度，原来一切竟如此新鲜，生活如此新奇美妙！

成长的味道 >>

鼓励的力量

　　我自信地站在球场上，发出的高远球在空中旋转飞舞，两旁的观众掌声欢呼声不断，老师赞许地冲我点头，我内心充满喜悦，眼前浮现出一个熟悉的身影——灵活的击球、敏捷的步伐、温暖的微笑，是小培的帮助和鼓励让我感受到了羽毛球的魅力。

　　"谁学过羽毛球？来配合我给大家演示一下。"上第一节羽毛球选修课时老师问。小培毛遂自荐，矮小的身材丝毫不影响他在宽大的球场上进攻防守，教练一个球打过来，只见他敏捷地移动脚步，侧身找准击球点，随着"啪"的清脆声，球在空中划出一条完美的曲线，急速有力地飞到另一侧，给了教练一个猝不及防。我们在一旁拍手称赞。小培微笑着对大家说："谁需要切磋，找我别客气啊！"我心中生出几分佩服。

>> 鼓励的力量

随后教练指定两人一组练习发球，我和一个女生结为一组。她熟练地发了一个高远球，我却没接住。轮到我发球，连试几次都没过网，那个女生露出不耐烦的神色，略带嘲讽地问："你到底会不会打球？"我窘迫地站在那儿，一脸歉意，不知怎么作答。这时背后传来亲切的询问："你不会发球吗？我来教你吧。"回头一看，正是身怀绝技的小培。

我心中掠过一丝温暖，他接替了那位女生的位置，站到我的对面。"我先给你演示一遍吧。"他的话音刚落，羽毛球便被抛起，他灵活的转身、上步、击球，球迅速地冲过球网，落到我这侧。"你来试试！"他兴致勃勃地说。我捡起球，模仿着他的动作，向上抛球，挥拍，却不料球径直打到了球场一侧的玻璃窗上，伴着"嘭"的一声，我的心情也随着球一落千丈，我失落地捡起球，苦恼地抱怨："已经好几次打偏了。"他耐心的安慰我："没关系，别着急，慢慢来。"他的鼓励给了我力量，我重新拿起球，摆好姿势，瞄准挥拍，可谁知球就像一个顽皮的孩子，故意躲开了球拍，球拍打空了。他却依然不放弃："挥拍不要过急，看准再打。"

老师见我窘迫，把我单独带到一片空场地，让我对着玻璃墙练习发球，偌大的场地就我一个人，听到对面场地同学们的欢声笑语，我好生羡慕。突然背后响起了脚步声，是小培放弃了与高手切磋，继续陪我练发球。我们在玻璃墙上的发球声此起彼伏，像是一首铿锵的交响乐，我的发球也越来越有力度和方向感。

93

成长的味道 >>

虽然社会上常有讨论强者蔑视弱者的现象，使世界愈加冷漠，缺少温情。但这毕竟不是全部，我们身边仍然有很多乐于助人的人，他们让我们感受了温暖，他们无私的鼓励给予我们无限的力量。

>> 光

光

没有星的夜，
没有灯的巷。
摸索着，
循着冰冷的泥墙，
走入这漆黑的巷。

不知何故，
她来到
这黑暗空寂的巷。
孤独惧怕恐慌，
她祈求光芒。

成长的味道 >>

可这是
无尽的幽暗的巷,
不见终点,何谓前方
陪伴她的
徒有这冰冷的泥墙。

突然
她扑倒在地,
鲜血如泉喷发。
她哀号,
抚慰的只是阵阵回声。

泪
浸湿了眼眶。
模糊又真实的黑暗中,
她仿佛看见了
一团光。

蹒跚着步履,
摸索着泥墙,

>> 光

走向那团缥缈虚幻的光。
她忘却了伤痛，
也忘却了，这条黑森的巷。

愈来愈近的光，
欣悦惊喜激动。
急不可耐地，
　想去触及
这不甚真实的光。
咫尺间，伸出手臂。
　　顷刻
　双目灼烧般痛。
　　光消失
留下的却是永生的黑暗。

如今仍是无穷的黑暗，
只是少了那冰冷的泥墙。
　　摸索着，
　　　至少
　前方还有一团光。

成长的味道 >>

和飞将军李广度过一天

　　一家小店中正热火朝天地卖着彩票，我好奇地走进去，老板吆喝着："今天有特等奖哦，来试试看吧！"我破例买了一张，漫不经心的抓了一个纸团：特等奖！老板眯着眼笑呵呵地对我说："小姑娘运气不错哦，我这有一瓶药水可以让你和英雄生活一天，你只要在喝下药水时默念他的名字就好。""但使龙城飞将在，不教胡马度阴山"我脑中顷刻浮现出李广的身影……恍惚间，我已跃身马上，驰骋于茫茫大漠间。

　　环顾四周，视线被马蹄扬起的黄沙遮掩，只有最前方身着斗篷，手持大黄弩的骁勇身影清晰可见。我的脑中翻起了《史记》，莫非我是随李广前去追赶三个匈奴人的骑兵？我用力挥动马鞭，超过身旁几个骑兵，看真切了，几十米外确是三个皮革衣着、徒步前行的"外种人"。"诸位左右散开包抄，待我亲自射杀他们！"坚韧有力的声音从前面传来，将军下令我们自成围阵。

只见将军独身纵马横刀于广漠中央，不远处匈奴骑射手拉弓进击，将军急握缰躲开，箭直入土中。将军却持弓不发，似是有所忖度。我悄声问身旁的骑兵："将军这是为何？"他有些鄙夷地看着我："你难道不知将军非在十步之内，度不中不发？"我心中为将军揩了一把汗，未料将军箭无虚发，两匈奴应弦而倒。还有一个败阵求饶，将军缚其马上。

谁知一波未平，一波又起。纵眼望去远山上数千匈奴骑兵已然摆好阵势，顿时军中兵马混乱。"将军，前方敌众我寡，不如即刻撤退。"我禀报将军，其余士卒亦响应赞同。是时军心不稳，阵脚慌乱。将军却镇定自若，凛然不惧道："今距大军数十里，若一百骑兵如此逃跑必引起怀疑，匈奴定追击射杀；若留，匈奴军以我为诱敌部队，必不敢击。"将军喝令："前进！"面不改色。

距匈奴阵地二里远处，将军勒马止步，下令道："全体下马解鞍！"军中响起了疑惑之声："敌军众而近，如有急，奈何？"将军面色从容，义正词严地说："匈奴认为吾众会逃，今解鞍以示不走，使其更坚吾为诱敌部队。"将军令我们放开马，卧地休息。

果不其然，匈奴军未敢攻击我们，因此逃过一劫。

傍晚宿营时分，我回忆与将军交往收获的启迪："'冯唐易老，李广难封'是何导致了他的命运多舛呢？今日一事，源起三个匈奴

成长的味道 >>

射骑手，将军身为上郡太守擅离职守率百余士兵去追，做事大局性焉在？同时又自负其能，十步外不中就不发箭，因此延时，突发性状况多。另外，汉武帝时战争胜利斩首千级才能封官，此次征战的目的只是追杀三个匈奴却差点遭受数千匈奴的袭击，难封的原因不显而易见了吗？但不可否认的是他箭术的高明，一连射中两个匈奴；不仅骁勇善战，且分析敌势沉着冷静知己知彼。我们后人常常因他没有封职而分析他的弱势不足以改进自己，并在宦途失意时作为劝慰，却忽略了向他过人的胆识本领学习，使自己也有可能成为像他一样的人，因此我们在原有的基础上避免了可能失败的弱点，却永远没有资格攀上高峰。"我脑中萦绕着思考，昏昏睡去。

再度醒来，既见东方发白。母亲把我从睡梦中唤醒："你昨天怎在人家小店里睡着了？多危险啊。今天是周一，快快投入新一周的学习生活吧！"突然，我很想和将军一直生活下去。

化学元素

1

实验桌上静静地放着一只玻璃杯，里面盛着数不胜数的惰性气体分子，但这几日空气中的氧气分子和水分子讨论最多的却不是这些——那惰性气体的分子间簇拥着许多"异类"原子，它们紧贴在一起发着耀眼的金黄色光芒，据说这是人类用来发射离子火箭的"铯"。

"他们可真够娇贵，据说这些惰性气体分子就是为了守护它们才放在这里。"一个水分子不满地对身边的氧气分子说。

"是啊，听人类说铯原子不太喜欢惰性气体分子，因此不会和它们相恋，影响对人类科学的贡献。"那个氧气分子答道。

成长的味道 >>

2

　　这日水分子公主成年，对整个空气王国来说是件大事，王宫里挤满了氮气分子士兵和二氧化碳分子大臣。公主穿上提前准备的白纱裙，头顶的王冠在晨光下明亮动人。几个氧气分子的侍女携公主纤手来到宫殿中。

　　"今时不同往日，你已经长大了，为父今日既为你庆祝成年，也选了几位王国里出色的分子，你看看有没有喜欢的。"水分子大王随即拍了几声手，几位分子便排成一队从宫门走入。

　　公主扫视了一遍，摇了摇头，失望地说："没有能让我动情的，这些不过是些凡枝俗叶罢了。"

　　"亲爱的甜心你每次都看不上，以后就成老姑娘啦。"国王有几分调侃地说。

　　公主可不吃这一套，转身便跑出了宫殿，唯有几道泪痕挂在脸上。

3

　　惰性气体分子把铯原子围得水泄不通，铯原子们紧贴在一起感到十分憋闷又不能分离。"父亲，我想在附近散散步，旁边的铯原子把我挤疼了。"英铯少爷对伯爵说。

　　"那你不要走远啊，我们这一群原子费了多少力气才被人类选中

>> 化学元素

发射离子火箭，这是一个家族的荣誉，不要忘了我们是一个整体。"伯爵提醒它。

这下总算是松了一口气，英氖漫不经心的绕着氖集体走，突然脑中闪过一念：惰性气体外的世界是什么样的呢？他向外一望，很多两个小球组成大大小小的分子间夹杂着一些"米老鼠"状的分子。突然一道金光射入他的眼中，恍了一下神，定睛细看，是一顶王冠闪出的光。正巧这时公主转过身来，眼光竟在茫茫分子中落到了他身上。

她的面容是那样姣好，又是那样高贵典雅，尤其是她的眼波里泛着的银光和嘴角的弧度，注定了她与别人不一样，这是他在惰性气体群里从未有过的感觉，他的心跳加速，腿不知不觉变软了，手心也往外溢着汗。他好想触摸她，哪怕只是离她近一点呢。公主脸颊的泪干了，悄悄地看着他，她从未想过今生能见到让她一见钟情的分子，他和身边的大臣侍卫不同，他好像是另一个品种，一个她无法抵制的品种。

英氖决定任性一回，擅自离开了氖家族，在惰性气体分子中开出了一条路，静静地来到玻璃前，用手触摸着，他好想碰到她。她也款款走来，轻轻向前触摸着，像是在说着什么，可是隔着厚厚的玻璃壁他什么也听不见。

他们就这样默默地看着对方，心中早已腾起了澎湃的浪，他和她都想把这份情谊永远珍藏在心里。

时候不早了，他也该回去了，不能被父亲看到他溜走了，还和外界动情了，把他们放在惰性气体分子里不就是避免动情的吗？他已经触犯了大忌。

但从那日后，他们的目光总能不经意间相遇。

4

最近氙家族喧闹得厉害，各个都在传着人类马上要利用他们的消息。

"那我们还会回到这里吗？"英氙问父亲。

"不会了，我们会变成带正电的氙离子，成为离子火箭强大的推动力。"伯爵的眼角扬起骄傲："我们这么多年的等待都是为了这一天啊！"

英氙沉默了，他打算去见见她。

他迈着沉重的步履来到"旧地"，这次泛着泪光的是他。她还是那样天真烂漫，静默地望着他。想到他的一生要到尽头了，荣誉也将落在肩上了，可他却从未听从自己的心意过上一刻——他想跟她说句话，抚摸她。可是事实就在眼前，他一生为家族的荣誉而战，临死也不能真正为自己活一天。

她还不知道这件事，只是看着他难过自己也不好受，眼泪也随着掉落。他们就这样互相安静的流着泪，其实他的心里在滴血！

他回到了氙群体，等待着使命降临的那一天。

5

这一天终于来临，铯家族整装待发，面对壮烈的牺牲，他们的脸上都是那样快乐，唯有他——沉默缄言，面色昏暗。

人类砸开了玻璃瓶，每一个铯原子都快活的踏上了新的旅程，铯家族欢声笑语，谁也没留意到少了一个原子。

没错，他是自私的，他不能舍弃那份感情，在伟大的面前他只是平凡的一员。

还在那个位置，这次他终于能和她跳上一支舞了。他抚摸到了她的长发，是那样温柔。

顷刻间空气里燃烧起玫瑰色的火焰，在这生命最后的期限里，在这极度的炽热中，他们都流下了幸福的眼泪。

军训感想

  谈及军训,大多数人想到的都是辛苦的磨砺、团队意识或是友谊的开端,但军人严格的纪律却根植在我心头。

  烈日炎炎下,有那响亮的口号与规范的动作。"齐步走!""一二一,一二一……""立正!站好,不要动。"教官提醒我们。汗水浸湿了发梢,当我准备打理一下,教官已然走到我的面前,眼神中传递的是严格要求自己的坚定。"立正时身体笔直向上挺,张肩收腹下巴往回收。"教官在队列中穿梭,不停地指点每一个人。当我身边的同学略有松懈,一声呵斥便立刻从背后传来:"手指贴紧裤缝,头往上扬!"大家积极调整姿态,不敢松一口气。立正——一个多么简单的动作,平日的我们毫不在意,驼背弯腰,小动作不断。而在军人眼中,这是一个国家精神面貌的体现,是不容小觑的。于他们,若

>> 军训感想

是最基础的动作都做不好,又怎能征战沙场、保家卫国呢?

令我更为敬佩的是,他们不仅对外气势轩昂、英姿勃发,就连那间小小的寝室,卫生、床铺都努力做到天衣无缝。军官教给我们整理内务,他把床单紧紧窝在床垫下,不留一处褶皱,铺好后特意把床单拍平,检查平整后才拿出被褥。"被子要叠成豆腐块。"毛巾被平躺在床上,三折后变为长条状。教官指点强调:"为了使被子挺立,在长的一侧上要窝起几褶。"只见那双大手在被子上掐出褶皱,一座毛茸茸的"小山包"便耸立起来,沿着"山包"将被子一侧折过来,就不显得塌了。另外一侧亦是如此,最后在两侧被子中央再"掐"出一道"小山包",两边对折,被子的大体轮廓构架形成。剩下的便是小的修补,教官把一处处露在外面的角折进去,把立起的边缘掐的更有型,最后把床被捋平才算大功告成。我们目瞪口呆,教官顺势拿起晾衣杆,将窗帘捅成相同的小褶皱,"每天早晨一定要打开窗帘,收到一侧后要向我这样整理。"教官又给我们讲述脸盆的放置、垃圾的倾倒、桌子的擦拭……一项项严格的规定,使我们戏称教官"强迫症",却又不得不用"强迫症"的做法严格律己。

军训伴着校歌清脆的歌声告幕,严格的纪律犹如雨滴落在心扉,高中第一战定会为后面的征程打下基础,使我们满怀信心迎接明日的挑战!

看懂友情

　　窗外白雪皑皑，猛然窗户被凛冽的风吹开，寒气迅速钻入体内。面对试卷上刺眼的红色分数，寒风令我挫伤的心缩成一团……适逢此时老师进入教室告诉大家："现在你们可以去校园拍雪景啦！"

　　同学们叽叽喳喳冲出教室，我正准备独自留下来分析试卷，耳边却传来熟悉的声音："一起出去拍雪景吧！别被一次的失败打倒了。"我抬眼，橦橦站在身侧。霎时温暖的友情驱走了心中的冰冷……

　　她挽着我的手，两个亲密无间的身影漫步在雪景中。"你看雪中的松树还是那样生机勃勃！"她欣然说道并指给我看。忽然她俯下身轻轻拨开厚厚的"白棉被"，金黄的叶片便显露出来。她拿出手机，神情专注地盯着屏幕，一丝不苟地反复对焦叶片的纹脉，细细的冰晶在暗淡的阳光下闪着金灿灿的光芒。她激动地按下快门，对我说:"瞧,将叶片的'外衣'脱掉,便看到它冬日的美丽。这次考试隐藏了你的实力,你若摆脱分数的阴云,谁知不会迎来期待中的惊喜?"橦橦一席话正如雪中送炭,给我注入无穷的勇气与力量。

看到我似有所悟,她又带我到另一棵松树下。奇怪的是,这棵松竟有几分与众不同:树干上端被劈断,原本纵横杂错的枝条也被毫不留情地砍掉,看起来饱经沧桑。当我为它暗自伤心时,却突然惊奇地发现它残余寥寥的枝无树干的支撑庇护,虽不能长成一棵寻常模样的树,但它向下伸展的枝条上面的针叶甚至比其他松树都苍翠!橦橦把手机递给我:"你把它最美的一面拍下来,勉励困境中的自己吧!"我深受触动,感动于断头松的顽强不屈,更感动于橦橦的劝勉帮助。

成长的路途尽管荆棘遍布,但有了雪中送炭的友情,我不再迷茫,友情是一份共同成长的鼓励!我看懂了友情,也更加珍惜友情。

成长的味道 >>

来不及

许多人曾是生命中的过客,一直陪伴你却被忽视,直至离别才念起往昔,只能用"来不及"掩饰内心的遗憾。

记得那个暑假,我报了英语口语班,老师介绍课程安排:"每次课一个讨论专题,最后分组表演英文话剧。"大家顿时炸开了锅,对这种教学方式充满好奇,这时我留意到第一排一个短发女生,她淡定自若地坐在那里看书。

老师引出第一个话题"最喜欢的名人"。大家正陷入沉思,突然有一只手高高举起,我们还没回过神来,她已答道:"我最喜欢莎士比亚,因为他是文艺复兴时期的奠基人……"她用了许多生涩的词汇,我们听得似懂非懂。下课后,同学们到楼下买冰激凌,只有她留在教室做题。我们带冰棍回来给她,她也只淡淡一句:"谢谢。"在我眼中她有几分高傲、冷淡、不易接近，因此我与她很少交谈。

一段时间的讨论专题结束后，老师布置表演话剧。我和她分到一组，她英语最好，很快把大家组织起来，兴致勃勃地说："我来担任编剧吧，咱们演《狐假虎威》！"众人无异议，在商讨过后，我饰老虎，她演狐狸，其余人客串森林里的小动物。

剧本中的句式难懂晦涩，我背了许久仍断断续续，我申请换角色，她却鼓励我："不要放弃，再试试，你一定能行！"她的话顿时赶走了我心头的畏惧。我圈出大量生词，她耐心地一个个教我，并纠正我的口型。在她的悉心指导下我更加努力地练习。

台词有了起色，表演却入不了戏。"老虎开始时应该是傲慢的，但后来看到动物们惧怕狐狸，才渐渐失了信心。你一开始不能有怯懦的眼神，要有王者气概。"她边说边表演给我看，她昂首阔步、气势凛然、蔑视周遭，"就是要这样，你来试试。"我模仿她的姿态，大家都很满意。

通过排练，我才发现原来一直没来得及"认识"真正的她。她热心、尽职尽责、追求完美，与之前的"高傲、冷淡"截然相反。

然而不久她就不来上课了，询问才知她已出国了。那一刻我的眼眶竟有些湿润，我还没来得及向她道声"再见"，也许便终生不再相见。

成长的味道 >>

人生总是这样,初中时光如今所剩无几,难道还要等到彼此分别才遗憾地道声"来不及"?为什么要等失去了才心生留恋?

不留念昨日,不憧憬明日,珍惜当下。不要让人生充满"来不及",珍惜同学的友情,珍视同窗苦读的每一天!

偶然的相遇

电视播放着姥姥喜爱的京剧，我只觉得人物腔调冗长、服装与现实迥异，不屑一顾。又是一日，母亲买了几张梅兰芳剧院的票，打算全家前往观剧，我欲找理由推脱，可母亲却执意将我拉入剧院殿堂。谁料正是这与京剧偶然的相遇，使我邂逅了传统文化之精髓美好，愈发爱上京剧。

锣鼓奏起，京胡拉响，我的目光被京剧华丽考究的"行头"吸引，对京剧的看法渐渐改变。青衣凤冠上高立着两根长长的翎子，身着一袭轻柔的水箭衣，举止典雅庄重、不急不缓。宫殿中，娘娘身穿亮丽的玫红色凤衣，头戴白色雕花簪子，几个蓝色的绒球更是凸显雍容华贵。一旁的侍女身着淡色青衫，手持羽扇。

成长的味道 >>

　　另一条路的风景有表演者精湛的技艺。不必说刀马旦威武稳重、提刀骑马，不必说毛净舞蹈身段粗犷，有喷火、耍牙的特技，即使是老生那安闲从容的神态、沉着安稳的动作也足以让人拍手称赞、大叫不绝。正如《龙凤呈祥》中的刘备，刘备沉稳地接待孙权远道而来的小侍从，面对着联姻的诡计，只是伴着凛然的气势，宽厚悠长地答复。坐在一旁的妈妈对我说："你看，他们的技艺多么精湛！台上一分钟，台下十年功。这些京剧演员每日都要练习吊嗓、念白的基本功。有的饰演武生还要充分活动身体，重复踢腿、虎跳，熟悉步法。所有精彩的呈现都是源于多年刻苦的训练，唱戏如此，学习也不是如此吗？"我听闻了妈妈的话，刻苦勤奋地投入到学习中去。在另一条路上，我收获了成长。

　　另一条路的风景有曲折的故事情节和其中蕴含的人生哲理。《铡美案》里陈世美因被飞黄腾达后拒绝与妻子相认，被包拯公正处置、送上虎头铡，我明白了冷漠的人最终会得到报应，只有铁面无私、正直仗义，才能得到人们的尊重、爱戴。《赵氏孤儿》中赵氏被灭族，赵武因多人庇护幸免于难，最终成功复仇，我感受到命运总会有转变，我在生活中也不应因一时失落而放弃对生活的希望。《霸王别姬》里虞姬自刎，以断项羽顾之私情，体现了她的无私顾局，这种精神也需我们时时铭记……

　　我一直守候京剧这条传承文化的道路，这在科技日新月异、民族特色无声间消失的今日,像是"另一条路",可是传统文化是中华民族不可或缺的一部分,捍卫这份文化每个人责无旁贷。这条路上的风景有它独特的美丽,难道不应该有更多人走上这条路,同时选择自己的另一条路吗?

成长的味道 >>

台湾之行

　　正值腊月寒冬，我们抵达台湾，来此之前我便心存疑惑：台湾山水风光都好吗？人们又是否和善？两日的旅程渐渐为我揭开了台湾的神秘面纱，而我也从中找到了问题的答案。

　　台湾予我深刻印象之处莫过于"日月潭"，闻其名，便觉其奇。经导游讲说，得知日月潭经其中轴线分为两部分，一部分似日，一部分若月，虽于潭大致形状上加之想象，但无可否认潭之奇异。乘游船，立于甲板之上，赏阅湖中风光。寒风袭面，碧波荡漾，柔和舒缓，清冽净透。岸间柳枝轻曳映于湖面，波光粼粼间隐现柳影，风光醉人。我不禁拿起相机，试图将景色尽收，来到这里，我感受到的是自然所给予的清爽与宁静，那份未经雕琢而形成的湖光水色。

　　赏完景，看到周围有些许小店在卖水果，水果种类繁多，样貌奇特，大多数我都是初次见到。有一种水果，外表金光闪闪，轮廓像一颗星星，中间含着几颗颜色稍深的种子，就如星星的眼睛，正向我们眨眼呢！还有一种水果，名为百香果，若只看外表，像是披着一层灰色陈旧的大衣，而掰开一看，嫩黄黏稠的汁液与散布其中的黑籽相映衬，色泽诱人，味道也十分新奇，酸中微甜。

赏日月潭景色，品当地水果，我看到了台湾所独具的南方湖水平静，不像北方水那样狂野奔放；风温和轻柔，而北方的风却凛冽干燥。水果种类齐全，味道各异。

到达"九份"这座拥有独特故事的小城，各样店铺鳞次栉比于石阶两侧，食品纪念品店琳琅满目，我与同伴进入一家纪念品店中挑选。我挑得入神，竟不知何时在喧嚣嘈杂的人群声中听到了淅淅沥沥的雨声，我探出小店外，人流不息，各色的伞好像为九份——这座本已张灯结彩，花红柳绿的小城涂抹了绚丽的一笔，随着小径俯首，店铺众多又彼此相连，小城已分不出人与店铺，好像都是为了装扮小城而紧密相连。我所在的小铺游人并不多，老板娘在那里安静地品阅着手中的书卷，小铺中异常宁静，只有墙上钟表走过的滴答声与铺外人流混杂的雨声。我选好纪念品，正准备离开这家小店，突然传来一个甜美的声音："这是你的伞吗？"我回头一瞥，原来是老板娘，她一手指着门口竹筒里的两把伞，一手尽力地像我挥舞。我低头一看，伞就安稳的躺在手中，便回答不是。

"是和你一起来的那两个小姑娘的吧？"这时我心中才猛然一

成长的味道 >>

震,向四周一望,那两人已不知去向,或许是等我等得太急便提前走了。"要不你去找她们,我帮你看着伞?"她脸上挂着一丝急切,怕客人将伞落在这里被雨淋湿。我到附近的几家小店中寻找同伴,终于在一家小吃店中找到了她们,我向她们诉说情况,她们焦急地跑回那家小店,并连声说着谢谢,"小姑娘,下次要细心……"老板娘在我们走出门后还不住地叮嘱。

  从老板娘平凡的举止中,我窥见了台湾人的素养、细心及责任心,然而也想起了平日不经意间台湾人随口流露出的"谢谢",斯文的一声"借过"代替了蛮力的拥挤,道路上不曾鸣笛两车相让,这些不都是我们大陆人应学习的品质吗?

  在短短两日的台湾之行,从台湾人的一言一行中,我读出了他们朴实而高贵的为人之道,它一路温暖着我的台湾之旅,使我饱览景色与人情的美好!

论语心得

在学"孔子的为人"第二篇前，我对比了杨伯峻的《论语译注》和台湾版的《论语》教材，发现些许不同。

开篇时"以吾一日长乎尔，毋吾以也"，杨伯峻对"毋吾以也"的理解是：（老了）没有人用我了。台湾版教材是：不必因我年长而不好意思说出来。

结合史实，孔子51~55岁出仕鲁国，从中都宰最终晋升为大司寇，后因齐国用女乐蛊惑鲁君，孔子见难有作为，毅然辞官离开鲁国。55岁后，周游列国推行仁政、德政的主张，虽风尘仆仆、历尽艰辛，所得到的仅是表面上的礼遇，直至68岁，重回鲁国，在最后的生涯里整理民族文化遗产。子路仅比孔子小9岁，而在文中所呈现的是一个正值壮年，自负而壮志酬筹的形象，因此这次谈话应该

成长的味道 >>

非孔子晚年。孔子在68岁前是渴望政治主张被国君采纳的，虽未被重用，可还是怀着一颗希望被任用的心，因此才辗转多地。若还未及暮年就感慨："（老了）没有人用我了。"应该就不会再执念周游列国，或许直接整理修订文献了，所以杨伯峻此处不妥。更有后文当曾皙说他的志向与前三人不同时，孔子说："何伤乎？亦各言其志也。"表明了孔子担心曾皙不好意思说出内心志向，让他去除顾忌、畅所欲言，正与前文"毋吾以也：不必因我年长而不好意思说出来"相呼应，表明了孔子希望听到真实的声音。因此，我认为此处台湾版教材的解释更合理。

从文章内容来看，子路、冉有、公西华都是从自身立下的功业出发，只不过志向有大有小；但是曾皙从自身所处遵守礼乐的生活情景出发，描述了一个安乐和谐的社会环境，真正达到了孔子"老者安之，朋友信之，少者怀之"清平之世的愿望。

从自身立下的志愿来看，孔子不喜欢不谦虚的人。子路的愿望是使国家强大、懂得礼仪；冉有希望人民富足，至于礼乐，需等待君子；公西华愿意学习做一个小司仪者。孔子用微笑表明了他对子路的不满，又赞扬了公西华十分懂得礼仪却愿意学着做一个小司仪者的谦逊。谦逊也正是孔子的处世准则，在学说具有社会价值却未被采纳时，孔子没有表现出不可一世的清高，反而设立私塾，因材施教，把思想主张传递给更多的人；在生命最后的时光里为了传承民族文化，投注在整理文化遗产上，最终由于过度劳累，加之儿子孔鲤，最喜爱的学生颜渊、子路的先后过世，一病不起。呈现在我们面前的是一位平易近人、谦逊刻苦、注重礼教、怀着济世理想的伟人孔子。

　　仅从一篇来看便能产生如此多的联想，可见若是囫囵吞枣地读《论语》，是对中国传统思想、美德的不敬，古人宝贵的品质应是每一个中国人的行事准则，引领着每个人在人生道路上成为谦谦君子，而不会误入歧途。

成长的味道 >>

逆境中的知音

　　一个人在顺境时自然不会静下心来品读陶渊明的诗，而在逆境时，当物质的田园几近荒芜之时，与陶渊明的心灵沟通方能豁然开朗，并把他当作前世的知音。

　　为什么会如此？每个人并不是何时都能得到物质田园的富足，因为这不由己愿，外界的环境，世态的变化都会影响我们的仕途，我们每个人都似世界万物中的一粒尘埃，风吹过便扬起，雨打落便沾湿。当我们无法追求到理想的物质世界时，不妨停下来，重新审视这世界，我们或许无法改变环境和外界，至少我们的精神世界郁郁葱葱，有几行白鹭在空中高歌。

　　这时那个在教科书中清冷孤傲的诗人，往日看起来似乎在文学神坛的诗人便显得可爱，平易近人起来了。他无法实现政治上的治国理想，只能姑且谋得小吏之职，他不屑于心为形役，若所有的操劳都只能为了那身皮囊，若活着只是为了最基本的生命需求——填饱肚子，那生命的价值又在何处？他非俗世之人，被金钱蒙蔽了双眼，因此才会发出"不戚戚于贫贱，不汲汲于富贵"的感慨，在那名利的背后，他所追求的是崇高的济世的理想，在理想的面前，物质的贫乏便不值一提了："环堵萧然，不蔽风日，短褐穿结，箪瓢屡空"。即便如此，他仍"常看文章自娱，颇示己志，忘怀得失，以此自终"。为了理想，他屡次出仕，可也是为了理想，他屡次归隐，既然雄图大志不可实现，又常为饥饿与受冻所折磨，若是旁人，抑或愤世嫉俗，抑或于官场上蝇营狗苟，而他选择了回归自己精神的家园，选择遵从热爱田园的本心，只有内心无尘俗杂念的人才会有"采菊东篱下，悠然见南山"的这份安然吧。他选择了归隐，即使夕露沾湿了他的衣衫，他仍坚定不渝"衣沾不足惜，但使愿无违"。

　　生活在世界上，便往往会有不顺心，此刻陶渊明的诗便是每个人心中的声音与夙愿。与陶渊明为友，为本心而活。

浅析林黛玉与薛宝钗

比对居十二钗正册榜首的两位女子,是每一个看过《红楼梦》的人必须做的事情。我便以自己愚见浅析这两个重要人物。

许多人都喜欢大方端庄的宝钗,却无法理解多愁善感、嘴巴似刀的黛玉,世俗人们的眼里只容得下"大家闺秀",对有真情的人却是笑谈,最终两者的结局都无法圆满,或许这便是"世俗之悲"。

自出生起便是两位女子差距的开始。"今如海年已四十,只有一个三岁之子,偏又于去岁死了。虽有几房姬妾,奈他命中无子,亦无可如何之事。今只有嫡妻贾氏生得一女,乳名黛玉,年方五岁。夫妻无子,故爱如珍宝,且又见他聪明清秀,便也欲使他读书识得几个字,不过假充养子之意,聊解膝下荒凉之叹"。黛玉从小充当儿子长大,家里没有兄弟姐妹,定是十分娇惯,且她身子又极怯弱,父母则更是疼爱。没经历过大风大雨，"世俗"便没在她的身上留下过多痕迹。"还有一女，比薛蟠小两岁，乳名宝钗，生得肌骨莹润，举止娴雅。当日有他父亲在日，酷爱此女，令其读书识字，较之乃兄竟高过十倍。自父亲死后，见哥哥不能依贴母怀，他便不以书字为事，只留心针黹家计等事，好为母亲分忧解劳。"宝钗有个斗鸡走马的哥哥，父亲又早逝，年纪小小的她便学着承担，为母亲解忧。经历了更多磨难，自然就学的更加坚强识大体，也是宝钗走上世俗必不可缺的条件。

正因如此她们也有各自的病症，黛玉便是常常哭泣，这自然有因有果"终日游于离恨天外，饥则食蜜青果为膳，渴则饮灌愁海水为汤。只因尚未酬报灌溉之德，故其五内便郁结着一段缠绵不尽之意。""他既下世为人，我也去下世为人，但把我一生所有的眼泪还他，也偿还得过他了。"太虚幻境奇缘注定了黛玉的一生为情生为情死，"青果"中有爱情的甜蜜，"愁海水"暗示着这不是段简单的甜蜜情爱，里面也蕴含着难以言喻的愁闷，"眼泪"是人真性情的流露，"一生所有的泪"便蕴含着一生全部的情，或许宝玉便是黛玉生活的意义。而宝钗的病也很有意思："冷香丸"。群芳抽签占花名，宝钗抽到的是"任是无情也动人"，金钏之死中宝钗对王夫人说："姨娘也不必念念于兹，十分过不去，不过多赏他几两银子发送他，也就尽主仆之情了。"十年主仆情在宝钗眼中不过就是几两银子的事。形式上对于一个女仆，确实几两银子是可以了事的，但是人的情感上呢，岂是金钱可以搪塞的？在宝钗心里，也许局面的形势要远远重于私情，凡事先顾大局，情感暂略过不提。相比之下林妹妹是感性的，宝姐姐则是理性的。

终究世俗之人更喜欢得体的宝钗，市面上看宝钗确实更符合古代女子的姣好优雅，做事比黛玉知分寸。史湘云曾说："谁也挑不出来宝姐姐的短处。"

但她们都以悲剧结局，林妹妹在宝玉新婚之夜泣涕而亡，宝姐姐虽和宝玉"金玉良缘"，却实则孤寂终生。

她们实则都没过错，但造化弄人，都是天机。我觉得若把她们两个的优点放在一起就完美了，既理性又感性，既有些世俗也不过于世俗。俗言"物极必反"不就是这个理吗？

但若我是宝玉，除去太虚幻境设下的玄机，只是两位平平常常的女子，我仍会选择黛玉。宝钗是端着架子的，她的温婉大度都是"为他人作嫁衣裳"，我更希望又能同我敞开心扉的知己，志趣相投情真意切，这不比所谓的"世俗"更打动人吗？

作为一名女子，我希望兼有宝钗对外的庄重大方，对内却也有黛玉的小鸟依人，承认世俗，却又不陷身世俗，在世俗中更好地追求自己的价值，却不是被世俗牵绊、步履维艰。

以上就是我对黛玉和宝钗的一些看法，及我对自己人生的引导。

叹黛玉

　　她，秉绝代姿容，具希世俊美，宿鸟栖鸦闻她的哭声不忍再听、飞起远避；她，心较比干多一窍，病如西子胜三分，是那样引人怜爱；她，嘴巴比刀子还尖，耍起小性儿似乎有点不近情理；她，质本洁来还洁去，孤傲清高深深刻在她的骨子里……她就是黛玉，世俗中的仙人。

　　她的入世便注定"不俗"，原是太虚幻境的绛珠草，经神瑛侍者甘露灌溉修成女体，终日游于离恨天外，饥则食蜜青果为膳，渴则饮灌愁海水为汤，心内郁结缠绵不尽之情和怨恨愁苦。在仙界，这份真挚的感情是不为他人所接纳的，绛珠草的心愿很简单，她要报答神瑛侍者的恩惠。入尘世本就为偿还泪水，某种意义上她就是为宝玉而活，俗人可能无法懂得她的心性，都疑惑这么多愁绪和感伤从何而来？但她不求这些人的理解，她的眼中只有宝玉和那份真性情……

她的"仙气"出场时落在了聪慧和容貌情态上。初入贾府，年方六岁，黛玉便能察言观色，举止有规矩。看到正门匾上大书"敕造宁国府"五个大字想到："这必是外祖之长房了。"听后院中有人笑声："我来迟了，不曾迎接远客！"纳闷道："这些人个个皆敛声屏气，恭肃严整如此，这来者系谁，这样放诞无礼？"老嬷嬷让她炕上坐，黛玉度其位次，便不上炕，只向东边椅子上坐了。进入大家能暗暗审度，掌握礼仪，足以见其聪慧。"两弯似蹙非蹙罥烟眉，一双似泣非泣含情目。态生两靥之愁，娇袭一身之病。泪光点点，娇喘微微。闲静时如姣花照水，行动处似弱柳扶风。"正与她在仙界的境遇相合，"蹙眉"蕴含愁苦绵绵，"含情目"中皆是为宝玉洒的泪水，妩媚的风韵是仙界特有的，娇怯的情态和孱弱的病体源于她本是纤弱的绛珠草，娴静时的娇美也非俗人可及。

既已入世，便要尝人间之苦。父母双亡，无依无靠，他家依栖。虽说是舅母家如同自己家一样，到底是客边。"无事闷坐，不是愁眉，便是长叹，且好端端的不知是为了什么，常常的便自泪道不干的。先时还有人解劝，怕他思父母，想家乡，受了委屈，只得用话宽慰解劝。谁知后来一年一月的竟经常如此，把这个样儿看惯了，也都不理论了。所以也没人理，由他去闷坐，只管睡觉去了。"大观园中不乏姐妹，但真心待她的，恐怕只有宝玉了，他人都是身份名义上的关心问候，对林妹妹的多愁善感更多是不解而非爱怜，只有宝玉是她命中的知己，能体会到她的忧愁悲伤，同时宝玉也是她生活下去的动力，她不是完全孤独的，还有一个人是真诚爱护她的，所以她即使燃尽生命的焰火也要把一生的情与泪全部予他！

第十九回中宝玉怕黛玉睡出病，替她解闷混过困去。黛玉佯装不在意，实则是试探宝玉："我不困，只略歇歇儿，你且别处去闹会子再来。"宝玉推她道："我往那去呢，见了别人就怪腻的。"这句发自内心的甜言蜜语使上一秒还冷淡的黛玉嗤地笑了起来。其实她就是等着宝玉说这句话呢，她本就想坐着和他说说话，可她更在意宝玉对她的心，她宁可无数次让外人觉得她小性儿，也要一次又一次的验证宝玉待她不同。她看到宝玉左边腮上有钮扣大小的一块血渍，欠身凑近前来，以手抚之细看，得知是蹭上了点脂膏子，便用自己的帕子替他揩拭了，口内说道："你又干这些事了。干也罢了，必定还要带出幌子来。便是舅舅看不见，别人看见了，又当奇事新鲜话儿去学舌讨好儿，吹到舅舅耳朵里，又该大家不干净惹气。"话从林姑娘口中说出都不甚好听，甚至还有点刺耳。但是仔细品读便能发现这是黛玉用刀子似的话刻意掩饰她对宝玉的关心，这是小女子惯有的心思，不愿让宝玉直接体会到她的柔情，绕着圈子故作刻薄地体谅着他。

她也常常为宝玉"吃醋"。可这样一位风流孤傲的女子自然不会像袭人那样委曲求全、忍气吞声，她仍旧以"不饶人"的嘴掩饰脆

成长的味道 >>

弱的内心。二十回中黛玉看到宝玉和宝钗一起探望湘云，冷笑道："我说呢，亏在那里绊住，不然早就飞了来了。"宝玉笑道："只许同你顽，替你解闷儿。不过偶然去她那里一趟，就说这话。"林黛玉道："好没意思的话！去不去管我什么事，我又没叫你替我解闷儿。可许你从此不理我呢！"说着，便赌气回房去了。在她心里，宝玉只能对她好，甚至要好到不通情理。她最看不惯的就是"金玉良缘"，每次听到宝玉去了宝钗那里都会冷嘲热讽一番，她也不在意世人的评价流言，她追求的只是真真切切的情感，那份纯粹、不被尘世浸染的感情。每至此时她便愈发气闷，只向窗前流泪，抽抽噎噎哭个不住，宝玉温言劝慰，她却啐道："我难道为叫你疏他？我成了个什么人了呢！我为的是我的心。"难怪宝玉词曰："无我原非你，从他不解伊。肆行无碍凭来去。"宝玉和黛玉是相互依存的，彼此理解的，皆随心所欲自由行动，他们来这世上便要见证真性情还未消失殆尽，人们不仅仅是"为他人作嫁衣裳"，得到高官俸禄，更是为自己的心而活啊！

肩上担花锄，锄上挂花囊，手内拿花帚。黛玉对宝玉道："把花撂在水里不好。你看这里的水干净，只一流出去，有人家的地方脏的臭的混倒，仍旧把花遭塌了。那畸角上我有一个花冢，如今把他扫了，装在这绢袋里，拿土埋上，日久不过随土化了，岂不干净。"花便是黛玉，她们追求的都是"质本洁来还洁去"，皆不愿为俗世所染，可黛玉的命运似乎还没有花幸运："尔今死去侬收葬，未卜侬身

>> 叹黛玉

何日丧？侬今葬花人笑痴，他年葬侬知是谁？"葬花的同时黛玉也哀叹自己命运的渺茫，本是天上仙人，尘间却似游丝落絮般飘忽不定，莫非只能默默等到一朝春尽红颜老，花落人亡两不知？

那个多情公子又何时能与她终成眷属呢？"愿奴胁下生双翼，随花飞到天尽头。天尽头，何处有香丘？"恐怕只有这纯洁的花能陪伴她了吧，即使到天尽头，何处有安身之地？不过是更多的愁苦与泪水罢。颦儿，你又何苦要下凡偿还泪水呢？他虽不负你；可世俗呢，你怎能避得开！呜呼，颦儿，我心中最圣洁的女子、最美的女子！

我痛苦，我快乐

蜕螂化蝉，尚要三个春秋的蛰伏；鹰击长空，尚需摸爬滚打、屡试羽翼；贤臣名相，必曾经历心志之苦、筋骨之劳。在世界苍茫浮沉中，我恍悟：痛苦先，快乐后。

曾经我对文言文不屑一顾，只觉是封建糟粕，不肯用心去学。终于在一次大考中，文言文部分折戟沉沙，痛失大量分数。伴随老师的斥责与父母的无声质问，我痛定思痛，决定一雪前耻，从此细细品味古人之智。

每日傍晚我必手捧一本为今人誉为圭臬的著作，沉静地、犹如朝圣者般品读、思索。最初繁复的字词令我头晕眼花、不辨东西，单是古人信手拈来的"之乎者也"已使我不得安宁。通假字、生僻字如石壁上斑驳的刻痕、顷刻间脑中便不留行踪。

渐渐地我开始转变学习方式，既然不能掌握文法，就尝试粗通文意，先神交古人再逐字细品。翻到一篇《吊古战场文》，上来便被"地阔天长，不知归路"的悲凉和"开地千里，遁逃匈奴"的慨然深深吸引，长夜中的风尘仆仆终于迎来些微晨光。虽然我仍会为"中州耗斁，无世无之"此类晦涩的语句焦头烂额，但痛苦中已然掺杂一丝不易察觉的快乐。

无论课业如何繁重，我都像投身战场般坚持品读古文。坚守不咎于一剂良药，经历苦读不晓文意，细品不解精髓后，从一无所知、囫囵吞枣的痛蜕变为解读之后的由衷赞赏与敬畏。我反复吟："寄身刀锋，腷臆谁诉"，低声诵："怒而飞，其翼若垂天之云。"高声叹："乘骐骥以驰骋兮，来吾道夫先路"，满心的欢喜、惆怅或是敬畏，在文言文的海洋中"从流飘荡"不再痛苦。

经历不得要领的折磨，到收获解读之后的欣喜，领悟到一句话：我痛苦，我快乐。

成长的味道 >>

学生节感想——记人大附中初中16届1班短暂重聚

　　虽在学生节前一周我就通过微信联系了初中故友，可他们的消息迟迟没有定数：来不来、何时来？快出门时我还担心阔别重逢会不会尴尬语塞？一天时间那么长会不会无聊？想着这些不够愉快的事，我随手将《雷雨》放进书包，就用它打发时间吧！

　　可也许——我错了；就在中考录取通知书发下的那刻起，我们已然走上不同的人生道路，但再次相遇，那些不必要的担忧便顷刻烟消云散。我身着白色长裙，手端盘子，给微电影嘉宾送上签名笔。微风不燥中我听到熟悉的声音："刘子言，你……"我定睛，红毯对面是她——瞪大了眼睛望着签名板下的我，和她的小学密友兴奋地交谈着，还拿出手机给我拍照。红毯仪式结束后，她的手情不自禁搭在我肩膀上："天啊，感觉你形象大变啊！"我只是默不

>> 学生节感想——记人大附中初中16届1班短暂重聚

作声地笑了笑。还记一个月前听说两个学校要打篮球联赛，和她约好一块看比赛，顺便把我从巴厘岛带来的礼物送给她，可是后来比赛取消了，少有的见面机会便从指尖溜走。学生节前一天晚上，她给我微信语音："别忘了带你曾跟我说过的礼物哦！毕竟我们都有拖延症，还不知道下次再见会是什么时候。"突然，我觉得时光好像静止了——她是我初中最好的朋友，可是毕业后我们便分道扬镳了，细细算来快一年没见，她选择了文科，而我坚守理科的道路，我们之后的路只会越走越远。这次她倒是没有什么太大改变，与从前一样，不甚利落的头发、不甚白的肤色，阳光依旧。与她同行像是时光倒流，她的性子没变，仍会为"栽盆"还是"盆栽"咬文嚼字。

可能初中后大家就对"男生""女生"的划分有了界限，我在班中与男生交流不多，有的人只是熟悉而又陌生着，即便是毕业彼此也没有太过伤感，好像毕业仪式没有想象的庄重沉痛，简简单单地有关于初中的一切就结束了，大家谈论更多的是高中的分班考试与以后的事情，"毕业"这个词在我脑中模模糊糊的，发完毕业证书各自回家等待录取通知，殊不知那一别或许与某些人就是一生。他们大部分人又重聚了，我却背着行囊开启了一段新的旅程。"宫睿来了！"和我同在清华附中的程梓宸对我喊道。我转身，他的脸和以前一样有几分羞涩的通红通红的，还是那么和善、近人，但头发比以前略长了点。我们过去交流并不多，这次见面惊讶过后却是暗暗地感动，一股暖流悄悄在我心中盘旋升起。他能忙里偷闲地到来，表明时光即使可以洗刷一切，却无法改变心中的情谊，我们虽身在异校、心却紧密相连！"我下午可能有一个公益长跑活动，你们愿意陪我跑吗？"我只是半开玩笑地随口而出。没想到一向害羞矜持的宫哥爽快地答应了，声音虽小却很坚定："好啊，没问题。"有时候，无须多言，只需简单几个字其他的话便都不重要了罢。

连连来了6位同学，我和程梓宸作为主人翁张罗着在校门口拍张大合影。"不行，这里逆光。""这儿的景色不好。""这里是阴阳脸嘛。"石碑前尽是我们叽叽喳喳的讨论声。"你先站那我给你拍张试试，"阿姨示意一人过去，端起相机，"再侧点身，哎对，这样就不是阴阳脸了！一二三……唉？条幅照不进去啊。"阿姨有几分无奈。"没事儿，景色不重要，重要的是把人照好。"同作为主人翁的他释然而坚决地说道。"咔嚓"景色定格、时间定格，这一刻，我们都在。

难忘同学明知价钱高昂却热情毫不犹豫地买下一本本文集、一件件礼品，未曾通告带来的小礼物与暖心的问候，互诉心事毫不闭塞……一切如旧。我想学生节的意义也就在此吧，它不仅仅是为了挣更多的钱，引来更多人的关注，它为的更多是情谊的长存与友谊的延绵。学生节物价那么高昂为何还有这么多人掏腰包？若是在市场上卖，又怎会有这么多净利润？当昔日好友高兴地踏进校门、爽快地买下一笔笔账时，答案也就浮出水面了。

　　正是因为我们心怀彼此，所以我们从未走散。我们之间从来不止3年——致大一班。

这就是水的秘密

展示前一晚，几颗星孤独地挂在夜空。望着空荡荡的PPT讲稿，几行零落的小楷像是在嘲笑我们小组的无能，评委尖锐的质疑声似乎已刺入我的耳膜。顷刻间，泪水氤氲了我的眼眶。我只能孑然俯首案前，只为了最初那份对英语的热爱与虔诚。

几日前，作为组长的我还不时催促着一个个慵懒的组员："大家尽早把各自写的部分交给我，这次英语阅读收获展示还是很有意义的。"可他们满不在意地说："反正这个展示也不会影响考试分数，那么认真干什么。"直至展示前一日，各自准备的部分才零零星星交给我——上面不过几行敷衍的小字。

第二日，结局可想而知。回到家中我把自己埋在屋里痛哭，母亲悄然走过来拍拍我的肩膀，没有安慰我，只是平静地说："我带你出去看看水吧。"

看水？心中极度悲伤的我此刻发出了一声苦笑，有什么可看的。母亲没有多说，她开车带我来到附近公园的一条小河旁。这条河我来过许多次，是我童年的回忆。她拉我坐下，就这么静静的，什么也不做。刚坐了几秒，我便吵闹着要回家。她没有阻拦我，仍旧安静地坐在那里。"喂，我不要在这里坐着！"我冲她大吼。她不理会。我只好焦躁又无奈地坐下。

那河水缓缓地、平和地流淌着，在夕阳的余晖下闪着柔和的光，河水中央有片草，微微地随风摆动。当河水流经那片草时，不是一意孤行地横冲直撞，而是在草的空隙间细细地分成了小流，过后又恢复了原有的样子。它没有横行霸道地排斥这片草，而是用它柔弱的身躯滋养了它们，并和它们成为了共生的伙伴。河水没有丝毫怨言，只是永不停息地流淌着，等待汇入更大的溪流。

这似乎不是我幼时嬉戏的那条小河了，它像是有了更大的奥妙，那是一份做人处事的哲学——草是它汇入更大的河流的阻力，水却未用刚强的武力与它们搏斗，抑或是与草分离，相反水用它的柔和的身姿与草达成了一种和谐的生存状态。

我是不是也应该学习水的那份柔和与安然呢？一定就要与我的组员和自己过不去吗？我缓缓起身，微笑着对母亲说："我想我们可以回家了。"

成长的味道 >>

做饭与反思

　　厌倦了素日的菜肴，母亲这几天中午也开始试着"创新"了。我放下作业，和母亲一起为家庭做顿"大餐"——其实不过是炸汤圆而已。

　　冰箱里拿出速冻汤圆，一个个圆圆滚滚的小球从袋子里跳出来，母亲在锅里倒了一层油，不急不缓地对我说："我也是第一次做，先给你做个示范。"她夹起一个汤圆，轻轻放入油中，雪白的小球安静地躺在闪烁着淡淡黄光的背景里，是那样使人踏实、温暖。过了少顷，母亲便掉个个儿，让汤圆充分受热、面面俱到。汤圆渐渐褪去了白色的面纱，比油的颜色要更深了，好像也变得酥脆起来。"这样应该好了吧？"我看着有条不紊的母亲悄悄问她。"我也说不好，不要着急，再等等吧。"母亲的语气仍是平静如水。不多时，一只炸汤圆新鲜出炉放到盘中。

轮到我了，我却觉得母亲有些过于仔细了，汤圆都炸到了深黄色，想是再炸一会儿就糊了吧，我应当是今天中午的"大厨"，做事既有效率又事半功倍。我快速夹起几个汤圆同时放入锅中，筷子像一个活跃的领导在锅里一刻不停地协助汤圆小弟们"翻身"。我心想着："估计母亲也把握不好炸熟的程度，一只汤圆哪需要那么长时间，我还要早点吃到自己做的饭呢！"于是待汤圆微微发黄，外皮才渐渐酥脆时，我便迫不及待地连连夹出几只汤圆。看到自己的成果，我垂涎欲滴，已经忍不住要尝尝了，谁知刚咬下一口——糯米竟还是硬的！

我有几分后悔自己的急躁了，又重新把炸好的汤圆放回锅里，直至接近棕黄才夹出。汤圆融化在嘴里又黏又软，黑芝麻的香味久久弥漫在我的味蕾上。

那日下午我读了一篇文章《每个人心中都有一个芮成钢》，青年得志的芮成钢平视政要，问遍全球，却在两年半前突然被检方带走，一切精彩戛然而止。引发了众人思考，人民日报解读出事的原因：心太大太急。

他想着干大事又急于给生命添彩——急于成名、急于发财、急于升官，凡事过"急"，必然就适得其反。想到中午与母亲炸汤圆，我想做一回"大厨"，却不踏实耐心做，着急获得美食，最终还是不得不放回锅中，一步一步来。我心中不就有一个"芮成钢"吗？急于获得一个好结果,没有重视做饭的过程和乐趣,最后既没有达成目的,还失去了享受其中的机会。

　　这又令我反思,难道就只有做饭吗?我对待学习不也是如此吗?开始希望得到别人的认可称赞,为追求考试的成绩付出了许多努力,着急想获得那个满意的结果,导致了自己肩负着压力,举步维艰。现实却是与自己的要求相差甚远,因此沮丧挫败。这不都是"急"惹得祸端吗?我为什么会"急"呢?我认为是在时间短暂的情况下想做更多的事情,引发了焦虑与急躁。以前我一直认为初高中六年是学习的黄金时期,因此我要在这样限定而短暂的时间里做到最好,获得最多,便犯了芮成钢"心大"的错误。事实却是没有人能一步登天,我恨不得自己明天就比今天好很多,半学期下来就进步飞跃,心里却有个隐约的声音在说没有那么快,可我一直不甘心,固执地在已经偏离的道路上越走越远,我把最优秀的同学当作自己,当现实与理想总是有差距,我就越来越痛苦。

　　那该如何解决这个问题呢?我想我是落入了思维的误区,之前我觉得人生只有初高中能证明自己,视线的狭隘使我急功近利,最后只在心中"登高"却实际"跌重"。放宽心胸,人这一生都在拼搏,都是为追求心中的信仰与快乐而奋斗,何时又有"止"?既然所有人的结局都是死亡,那为什么还要活着?若活着只是为了最后的死亡,那人生又有什么意义呢?这一辈子为追求幸福而努力的过程不才是人生的真意吗?我们在自己的人生观价值观的基础上坚持着

>> 做饭与反思

自己认为正确又有价值的事情，奋斗一生。最终在年迈时问心无愧，没有为自己荒废时间、碌碌无为而羞愧，露在脸上的是会心而满意的微笑，然后合眼睡去，这不就是很美满的一生吗？

一生那么长的时间，我们都在追求想要的东西，若只是用结果衡量，岂不短浅？为自己每一点进步满足的时刻，笑傲风雨坚持前行的时刻，受亲人呵护关爱的时刻，与朋友畅叙心怀同甘共苦的时刻，和爱人相互依偎相互鼓舞的时刻，这些都是很美好的时光啊，若怀有人生早晚有一死不如现在就死的想法，那这些美好就永远也得不到了吧？

人生不就是一次旅途吗？每个人在通往共同的终点站时，都只能一步一步走过，谁也不能停滞或超车。因为选择的路线不一样，遇到的风景也不相同，这些风景构成了旅途的全部，我们都在其中得到又失去，哭着又笑着，痛苦着又快乐着，心潮时而平静又时而澎湃地度过这有趣而丰富的一生，这些只有自己能体会到，恐怕是无法言传的吧？

回到我所说的成绩上，学习是一生的事，现在学的只是书本上的客观定理，今后走上工作岗位，学的便是社会上的知识，为人处世，怎么和领导同事处理关系，怎么使事业更进一步，我们一生都在不断地学习啊，岂止是6年的事情？高考失利了又怎么样，纵观人生宏局不过只是一个小小的片段而已，马云在一所不为人知的学校毕业，却也没有比很多清华北大的学生过得差，很多清华北大的

成长的味道 >>

学生毕业后还找不到工作呢！很多学生认为高考是学习的终结，其实不然，我认为恰恰是个新的开始，是走向更为广阔的天地的开始，是脱离按部就班的开始。高考是人生中一场非常小型的考试，对比那些一夜致富又一夜成为穷光蛋的人，今天还在高官岗位上明天就进监狱的人。高考，又算得了什么挑战？那么再退一步，期中期末考试更算的了什么？实验班普通班又能怎么样？不过是一时的落后，人生本来就是一场马拉松，谁能笑到最后又未曾可知。那我又为什么要苦苦盯着那个虚无缥缈的成绩不放？学习的意义本身不就在于这是个扩展见识、丰富自己又充满挑战的过程吗？那个结果是努力的必然，却不是我们追求的目的。想明白这个，还有什么焦虑急躁的呢？我的时间并不短暂，我有一生的时间去追求。我快乐其中。想明白了也就更有勇气了吧。

　　谢谢炸汤圆，谢谢芮成钢，是他们让我反省为更好的自己，更勤勉快乐的前行。